神宮の楽しげな様子を見ていたら、
ふと、悪戯心が湧いてきた。

illustration by TOMO KUNISAWA

エスケープ

いおかいつき
ITSUKI IOKA

イラスト
國沢 智
TOMO KUNISAWA

Lovers
Label

CONTENTS

プロローグ

月曜の午後、一般的な会社員なら憂鬱《ゆううつ》な一週間の始まりというところだが、警視庁多摩川西《けいしちょうたまがわにし》署刑事課《しょけいじか》所属の現役刑事である河東一馬《かわとうかずま》には関係ない。いつもと同じ一日でしかなかったのだが、今日は少し違った。

朝から何も事件の通報がなく、情報収集のため、街をうろついていたときだ。珍《めずら》しく母親から電話がかかってきたのだ。

その電話を終えた足で、一馬は科学技術捜査研究所《かがくぎじゅつそうさけんきゅうじょ》へと進路を変えた。科捜研には頻繁《ひんぱん》に足を運んでいるが、その目的は、仕事半分で、残りの半分は恋人である科捜研所員の神宮聡志《じんぐうさとし》の顔を見るためだった。

「お前さ、今週末、休みを取れないか？」

「休み？　珍しいな。お前がそういうことを言うのは」

顔を合わせるなり、唐突《とうとつ》な問いかけをした一馬に、神宮は端整《たんせい》な顔立ちに驚《おどろ》きの表情を浮かべて振り返った。いつもなら背中を向けたまま、作業の手を止めずに一馬の相手をしているくらいなのだから、本当に驚いたのだろう。

「さっき、母親から電話があったんだよ。親父が足を骨折《こっせつ》して入院したらしい」

「大丈夫なのか？」

神宮は眼鏡《めがね》の奥にある切れ長の目を僅《わず》かに細め、気遣うように尋ねてきた。

一馬とは違い、感情表現が豊かな男ではないから、こういう些細《ささい》な変化も、一馬にとっては目を奪《うば》われるほど絵になって見える。長身で細身という一馬と似た体型ながら、白衣姿がよく似合う理知的な顔立ちが、無い物ねだりで一馬の心をくすぐるのだろう。

「それはもうホントにただの骨折で、時間が経てば治るもんだから、その心配で母親も電話を掛けてきたわけじゃないんだ」

一馬はほんの一時間前に聞いたばかりの母親の声を思い出しながら、それを正確に神宮に伝えた。

元々、一馬の両親は揃《そろ》って放任主義的なところがある。同じ都内に住んでいながら、この一年は一度も実家に帰っておらず、電話で声を聞くことすら何ヶ月ぶりだったのに、全く気にしたふうもなかった。互いに何かあれば電話してくるだろうと思っていて、そういうところは血の繋《つな》がりを感じる。

一馬の容姿は完全に父親似だ。はっきりとした二重の目と険しい目つきは、完全に父親譲《ゆず》りで、長身で細身の筋肉質という体格も、母親に言わせると、若い頃の父親にそっくりらしい。

だが、性格は似たもの同士の夫婦だから、両方から受け継いでいた。

「実は今週の土曜に札幌《さっぽろ》で従兄弟《いとこ》の結婚式があるんだよ。夫婦で出席予定だったけど、父親はもちろん行けないし、母親も付き添いをするから行けない。で、俺に代わりに出席してくれないかってことなんだ」

「つまり、それに俺にも付き合わそうって?」

察しのいい神宮は、一馬が最後まで言わなくても、最初の質問の意味を理解した。

「お前がよく断らずに引き受けたもんだ。そんなに仲のいい従兄弟なのか?」

「いや、子供の頃に一度、会ったことがあるくらいだな。なんせ、距離が離れすぎてる」

「にも拘《かか》わらず、わざわざお前が仕事を休んでまで代理出席するのか?」

神宮は心底、意外そうに言った。三度の飯より捜査が優先の一馬が、兄弟ならともかく、従兄弟の結婚式で仕事を休むのが信じられないのだろう。

「もし、代わりに出席してくれるなら、二人分のチケットを使っていいって言われたんだよ。彼女とでも行ってくればってな」

その申し出があったからこそ、一度は断った代理を引き受ける気になったのだ。

「ついでに旅行するつもりで、往復の飛行機チケットの他に、三泊分のホテルも取ってあるんだと。それがタダだって言うんだ。心が揺《ゆ》らぐだろ?」

一馬はニヤリと笑う。

神宮とは京都や沖縄に行ったことはあるのだが、目的は旅行ではなかったから、ゆっくり過ごすことはなかった。

一馬にとって、事件に追われる忙《いそが》しい日々を過ごすのは、ごくごく日常で、捜査をしているときが何より楽しいし、生き甲斐《がい》でもあるから、休みが欲しいとも思わない。

だが、自分の懐《ふところ》は痛まずに北海道旅行ができるとなると、話は変わってくる。旅行が趣味でもないし、北海道に憧《あこが》れているわけでもないが、行ってみるのもたまには趣向が変わっていいかと思えたのは、やはり神宮がいるからだ。

「そうだな。たまにはいいか。こういう機会でもないと有休を消化しようとは思わないし」

「つまり、行くってことだな？」

念を押すと、神宮がそうだと頷《うなず》く。どうやら、神宮も一馬と同じ気持ちになったようだ。おそらく、目的地が北海道でなくても構わないはずだ。一馬と一緒だから、重い腰も上がったに違いない。

「今日のうちに申請《しんせい》を出しておく」

「じゃ、俺も戻ったら出すわ」

「まだ出してなかったのか？」

神宮が呆《あき》れたように問いかける。

「一人で行っても暇《ひま》だからな。お前が行かないなら、適当に理由をつけて断ろうと思ってたんだよ」

だから、母親への返事は保留にしていた。こういうとき、刑事は言い訳に困らない。忙しいのが当たり前になっているからだ。

「もっとも、大きな事件が起きなければ、だけどな」

「それはこっちもだ」

一馬の念押しに神宮も当然だと答える。

いつもなら、事件が起きないと物足りなさを感じるのに、このときばかりは週末まで何もなければいいと願わずにはいられなかった。

1

一馬にとって、北海道は高校の修学旅行以来だ。新千歳《しんちとせ》空港に降り立ち、当時の記憶を呼び起こそうと周囲を見回す一馬の隣で、

「さてと、まずはホテルだな」

神宮が全く何の感慨《かんがい》も見せず、案内板を見ながら呟《つぶや》く。東京からどれだけ離れた地にやってきても、神宮はいつもと同じ、クールな神宮だった。

それでも、ライトブルーのシャツにコットンのパンツという、ラフな私服姿の神宮を、東京ではない場所で見るのは新鮮《しんせん》で、気分が高揚《こうよう》してくる。

「お前、妙《みょう》に楽しそうだな」

一馬の微妙《びみょう》な表情の変化に気付いた神宮が、冷静に指摘してくる。

「そりゃ、ここまで来たんだ。楽しまなきゃ損《そん》だろ。お前はどうなんだ？」

「これでも一応、楽しんでるんだがな。お前のそんな格好《かっこう》はなかなか見られない」

そう言った神宮の顔が僅かに綻《ほころ》ぶ。一馬もまた完全な私服姿だ。ロゴの入った白のTシャツにジーンズと飾《かざ》り気《け》は一切ない。スーツ姿と比べると若く見えるとはよく言われる。

一馬と同じようなことを神宮も考えていたのかと思うと、笑いがこみ上げてくる。だが、それを口にはせず、

「レンタカーを予約してるんだよな？」

神宮に次の行動を確認した。飛行機のチケットとホテルだけは一馬の両親が手配したものを使うが、それ以外のことは神宮に任せていた。計画性という意味では、神宮のほうが向いている。

「ああ。空港内に受付があるはずだ」

だから、神宮は案内板を見ていたというわけだ。

「こっちだな」

場所を確認した神宮が先に歩き出す。

挙式《きょしき》と披露宴《ひろうえん》は、札幌市内にあるホテル内で行われる。それだけが目的なら電車の移動でも構わないのだが、翌日からのことを考えるとレンタカーのほうが便利だと言い出したのは神宮だった。

レンタカー店の受付で手続きを済ませた神宮とともに、店員に案内されて車のそばまで行った一馬は、その車種に思わず噴《ふ》き出《だ》した。

「マジで、この車？」

「こんなときでもないと乗る機会がないだろう」

真面目くさった顔で答える神宮に、一馬は声を上げて笑う。

二人の目の前にあるのは、外車のオープンカーだった。国産の一般的な車に比べると、レンタル料金も割高なはずなのに、神宮でも旅行に浮かれたりしているのだろうか。それとも本気で乗ってみたかったのか。どちらにせよ、車はもう手配されている。

「まあ、天気もいいし、道も広いだろうし、オープンカーもいいかもな」

一馬はすぐに気持ちを切り替え、運転席に乗り込んだ。誰か知り合いがいるわけでもない。少々、人の目に晒《さら》されても気にすることはないだろう。

「お前が運転するのか?」

「土地勘《とちかん》がないのは同じなんだ。誘《さそ》った俺が運転する」

一馬の答えに納得したのか、神宮も遅れて助手席に乗り込んだ。

ホテルまでの道のりをカーナビで入力してから、店員の見送りを受けて、車を走らせる。

「式は明日の昼からだよな?」

車が赤信号で停まるのを待って、神宮が確認してくる。走っている分には気持ちがいいのだが、会話ができないのがオープンカーの難点だ。

「ああ。午後一時から挙式で、その後、披露宴だ」

「だったら、俺は夕方まで時間を潰《つぶ》せばいいわけだな」

いくら両親の代わりに北海道に来たとはいえ、さすがに全く無関係の神宮が式に出席するわけにもいかず、その間、一人で待っていてもらうしかない。神宮もそのことはあらかじめ了解済みで、今のもただ確認しただけなのだろう。

「明日のことより、今日の夜のことを考えようぜ。せっかく北海道まで来たんだ。美味《うま》いものを食いに行こう」

食い道楽ではなくても、北海道といえば、食べ物が美味《おい》しいと評判《ひょうばん》だ。自然と期待してしまう。一馬は式のことなどそっちのけで、楽しむことばかり考えていた。

「今日はホテルでゆっくりすればいいだろう。明日からは何も予定が決まっていないんだし、夜は温泉旅館だ。食事は期待していいんじゃないか?」

「そうだな。慌《あわ》てる必要はないか」

一馬があっさり納得したのは、他にも理由があった。実は今日の朝から休暇《きゅうか》に入っていた一馬と違い、神宮には昨晩、急ぎの仕事が入ってしまい、出発の二時間前まで科捜研で鑑定《かんてい》作業をしていたことを思い出したのだ。機内で仮眠を取ったとはいえ、ほとんど寝ていない神宮を無理して引っ張り回す必要はない。

「なかなかいいホテルらしいから、外に出なくてもメシには困らなさそうだ」

半ば強引に付き合わせた自覚があるだけに、一馬なりの神宮への気遣いだった。

東京でもこうして一緒に車に乗ることはあるが、やはり仕事ではなくやってきた場所では、会話の雰囲気《ふんいき》も変わってくる。さすがに北海道にいるとわかっているから、事件の呼び出しも入らないとなると、緊張感《きんちょうかん》がないのだ。

同じ時間の流れでも、周りの景色がのどかなせいか、妙にゆったりした気分を味わいながら、一馬は車を走らせた。

ホテルに到着したのは、空港に到着してから一時間半後だった。

チェックインを済ませ、ツインの部屋に荷物を置いた時点で、まだ午後六時。さて、どうするかと一馬が神宮に顔を向けると、神宮は部屋に備え付けられたホテルの案内に目を通してた。

空港でのときといい、どうやら神宮は常に自分のいる場所を正確に把握《はあく》しておかなければ気が済まないらしい。

「一泳ぎしないか？」

案内から目を上げた神宮が、意外なことを提案してきた。

「急にどうした？」

「いや、この案内にプールがあると書いてあったからな」

「そんなに泳ぎが好きだったっけ？」

「そういうわけじゃないが……」

神宮は苦笑いで否定してから、

「しばらく泳いでないのを思い出した」

誘った理由を口にした。

神宮がジム通いをしているのは、以前に聞いたことがある。ただ、科捜研に入ってからは、なかなか時間が取れず、足が遠のいているとも言っていた。

「水着はどうすんだよ。持ってきてないぞ」

「俺もだが、レンタルもあるそうだ」

ほらと神宮が手にしていた案内を一馬に示して見せる。確かにそこには利用に関しての説明の後に、レンタルウエアについても記されてあった。

一馬も体を動かすのは好きなほうだ。時間に余裕もあって、他に予定もない。それなら断る理由はなかった。

「まだ腹も減ってないし、リゾート気分を味わうのもいいかもな」

意見が一致すれば、二人の行動は早い。財布と携帯電話だけを手にして、プールに向かった。

「そう言えば、従兄弟の結婚式というくらいだ。他の親戚《しんせき》もここに宿泊してるんじゃないのか？挨拶《あいさつ》に行かなくていいのか？」

エレベーターに乗り込んでから、神宮が思い出したように尋ねてきた。

「さあ、どうだろうな。そこまでしろとは言われてないし、そもそも顔を覚えてない」

「薄情《はくじょう》な奴だな」

「いいだろ。どうせ、明日には嫌でも会うんだ」

叔父《おじ》だけなら顔もわかるが、子供の挙式前日では何かと忙しいはずだ。こちらから取り立てて話したいこともないのに、時間を取らせることもないだろう。

金曜の夜だから、それなりに利用客がいると思ったのだが、驚くことに誰もいなかった。むしろ、金曜の夜だから、プールで一泳ぎよりも、街に飲みに出かけるのだろうか。

更衣室で水着に着替え、ふと隣を見ると、神宮が最後の仕上げに眼鏡を外《はず》していた。

寝るときにはさすがに眼鏡を外すが、起きたその瞬間に眼鏡を掛けるから、一馬でも眼鏡なしの神宮の顔はほとんど見たことがなかった。しかも、自分の部屋でも風呂場でもない場所でとなると、かなり貴重で新鮮な光景だ。思わず目を奪われる。

「眼鏡のないお前は、いつ見ても違和感《いわかん》があるな」

一馬は物珍しさで、マジマジと神宮の顔を見つめる。

「惚《ほ》れ直したか？」

澄《す》ました顔で尋ねてくる神宮に、一馬は鼻で笑う。

「まさか。なんでそんなに自信過剰《かじょう》なんだよ」

「お前の目がうっとりしてる」

「嘘吐《うそつ》け。見えてないんだろ」

「気付いたか」

神宮の珍しい軽口と嫌《いや》みのない笑顔は、休暇から来るリラックスした空気感故《ゆえ》だろうか。いつもの緊張感に溢《あふ》れた生活も、一馬は決して嫌いではないし、むしろ、自分には合っているとは思うのだが、こういう時間の過ごし方も悪くない。そんなふうに思える神宮の笑顔だ。

笑顔のままプールに向かい、そして、目の前に広がる光景に、今度は声を上げて笑ってしまった。

「お前、知ってた？」

「屋外とは書いてあったが、ここまでとは思わなかった」

笑いの止まらない一馬と違い、神宮は半ば呆《あき》れ顔だった。

屋外に設置されたプールは、どこの南国をイメージしているのか、プールの周りには椰子《やし》の木が植えられ、プールサイドのいくつも並べられたテーブルセットにはカラフルなビーチパラソルまであった。おまけに今は夜だから、派手《はで》なライトアップがなされている。

「男二人で泳ぐプールじゃないだろ。っていうか、そもそも泳ぐ目的で作ってないよな」

「だが、広さは充分じゃないか？」

神宮がプールを見ながら言った。

ホテル内のプールだから、それほど大きいわけではない。長さは十五メートル、レーンは引かれていないが、三レーン分といったところだろう。

「まあな。おまけに誰もいないし。これもラッキーになんのかね？」

プールサイドに立った一馬は、無人のプールを見つめ、神宮に問いかけた。

「ビキニ美人でもいてほしかったか？」

隣に並んで立った神宮が、あからさまに嫌みを含《ふく》めて問い返してくる。

「そう思うんなら、もっと色気のある格好をしろよ」

一馬は反論しつつ、神宮に顔を向ける。所詮《しょせん》はレンタルウエアだ。選べるほどデザインがあるわけでもなく、神宮と一馬はお揃いの黒いハーフパンツタイプの水着を身につけていた。

「女好きのお前が男の水着姿にそそられるのか？」

「それは見てみないと何とも言えないな」

一馬は思わせぶりな笑みを浮かべて意味深な言葉を投げかける。

他に誰もいないことが一馬を大胆《だいたん》にさせていた。男同士の秘密の関係だ。いつもなら人の目や耳を気にしなければならない。だが、今は二人以外に誰もおらず、おまけに水着という布を一枚しか纏《まと》っていない姿だ。旅先の解放感もあって、嫌でも気持ちが昂《たか》ぶってくる。

「俺はさっきからそそられっぱなしだけどな」

ニヤリと笑って返した神宮が先にプールへと体を沈《しず》める。そして、一馬を待つことなく、泳ぎだした。

ジムに通い、水泳もしていたというだけあって、素人目《しろうとめ》から見ても、神宮のフォームはなかなか綺麗《きれい》だった。

「負けてられるかよ」

一馬は急いで後に続く。本当なら颯爽《さっそう》と飛び込みたいところだが、ここは飛び込み禁止だと受付で釘《くぎ》を刺《さ》されている。飛び込んだときの水音で人を呼んでしまうのを避《さ》けるため、一馬は静かに足から水に入り、泳ぎ始める。

久しぶりの水の感覚が心地《ここち》いい。自然と体が動き出す。

本気で泳ぐつもりはなかった。ただ少し体を動かす程度のつもりだった。それなのに、先を泳ぐ神宮との距離が縮《ちぢ》まらないことが、一馬の闘争本能《とうそうほんのう》に火を付けた。

学校の授業以外で水泳を習ったことはないが、運動神経は優れているほうだ。頭脳派の神宮に負けてたまるかと、全力で泳いだ。おそらく、神宮も同じなのだろう。何しろ、神宮もまた一馬同様、かなりの負けず嫌いだった。

他に誰もいないからできたことだが、いい大人がホテルのプールで全力の競争を繰り広げている。何も知らない人間が見れば、とても恋人同士の時間の過ごし方だとは思われないだろう。一馬も今はただ、神宮を追い抜くことしか考えていなかった。

何往復したか、数えるのも忘れていたが、おそらく疲《つか》れが来たに違いない。神宮がプールの端《はし》まで泳ぎ切ったところで、足をついた。

「お前、いつまでやる気だ?」

若干《じゃっかん》、荒《あら》くなった息を整えながら、神宮が追いついた一馬に尋ねる。

「お前を追い抜くまでと思ってたんだけどな」

「お前が追いかけてくるから、つい、ムキになった」

珍しく素直になった神宮がおかしくて、一馬はクッと喉《のど》を鳴らす。

「何やってんだか」

「全くだ」

二人は顔を見合わせ、声を上げて笑う。

「でも、いいな。こういうのも」

ひとしきり笑った後、一馬はしみじみと呟く。

忙しいのは苦にならないし、むしろ暇になるとどう過ごしていいかわからなくなるタイプなのだが、神宮と一緒ならこんなゆったりとした時間を過ごすのもアリだと思えるから不思議《ふしぎ》だ。

神宮も一馬と似たタイプのはずだが、今は心から楽しんでいるように見える。

そんな神宮の楽しげな様子を見ていたら、ふと悪戯心《いたずらごころ》が湧《わ》いてきた。

一馬は勢いを付けて飛び上がり、驚いている神宮の肩に両手をつき、そのまま一気に水中へと潜《もぐ》った。もちろん、神宮も道連れにだ。

水中で見る神宮にはいつもの澄ました感じはなく、髪も水に流され揺らめき、少し滑稽《こっけい》に見える。一馬はそんな神宮に近づいた。

ずっと肩を摑《つか》んだままだから、神宮はすぐ近くにいて、あっという間に二人の間の距離はなくなった。

唇が重なり合う。時間にして僅か数秒。快感《かいかん》を得られるほどのキスにはならなかった。それでも、妙に新鮮な気持ちになれたのは、水中でした初めてのキスだからだろう。

「無茶するな」

水中から顔を出した神宮は、まず一馬を咎《とが》めた。

「きっとどこかに監視《かんし》カメラがあるはずだ」

「だから、水の中に潜ったんだろ」

一馬は悪びれずに答えた。監視員がいないのだから、きっと監視カメラがあるだろうことは予想していた。だが、水中にはないはずだ。

「そろそろ上がらないか?」

今のキスで泳ぐ意欲がそがれたのか、それとももう充分に泳いだからか、神宮から終わりを提案される。

「そうだな。夕飯前の腹ごなしにはこれくらいでいいだろ」

一馬もすぐに同意したのは、空腹を思い出したからだ。

結局、最後まで誰もやってこないまま、貸し切り状態のプールを出ると、ジムと共通のシャワールームに向かう。ジムにも人がいないのだから当然だが、そこも一馬と神宮だけしかいなかった。

隣り合ったブースに入り、一馬はシャワーの栓《せん》を開けて頭から湯を被る。プールの水のカルキ臭《くさ》さを洗い流すためだけだから、そもそも長居するつもりはなかった。けれど、そんな一馬以上に、神宮が出てくるのは早かった。もっとも出た先は外ではなく、一馬のブースだ。

「おい」

小さなブース内に大の男が二人は窮屈《きゅうくつ》だ。一馬は小声で不満を訴《うった》えた。

「ここにはカメラもついてない」

神宮は澄ました顔で答えると、さらに体を密着させてくる。

「中途半端《ちゅうとはんぱ》なキスだけじゃ足りなくないか？」

「そうだな。お互いガキじゃないんだ」

至近距離で一馬も神宮を見つめ返し答えた。

他には利用者はおらず、おまけに薄い扉《とびら》一枚とはいえ、周囲からは見えなくなっている。ほんの少しの暴走《ぼうそう》くらいは問題ないだろう。数秒でそう結論づけた一馬の手は、神宮の腰を覆《おお》い隠《かく》す水着へと伸びた。

同じように一馬の水着にも神宮の手が伸びてくる。タイミングを合わせるつもりはなくても、自然と一緒に互いの水着を下ろし、大事な場所を剝《む》き出しにさせる。

キスをしたのは数分前で、しかもほんの一瞬だった。興奮《こうふん》するほどのものではなかったし、時間も経っている。それでも、中心に触れると、すぐに形を変え始めたのは、やはりキスの余《よ》韻《いん》が残っていたからだろうか。

「ふぅ……」

一馬の体を知り尽くした神宮の手が、一馬を的確に追い詰める。

だが、一馬もやられっぱなしではいない。神宮を一番感じさせられるのは一馬だという自信がある。一馬の指も神宮の屹立《きつりつ》に絡《から》み扱《しご》き上げる。

シャワーの湯が流れ出る音に紛《まぎ》れているが、二人の息遣いはすっかり荒くなっていた。

一馬の手の中で神宮が形を変えていく。一馬自身は言うまでもない。自分の体のことだ。目で確認するまでもなく、よくわかっていた。

自らの昂ぶりを解放するために、激しく手を動かして相手の屹立を責め立てる。まるで自分自身を追い上げているかのような錯覚《さっかく》に襲《おそ》われた。

「もう……出るぞ……」

「ああ、俺もだ」

神宮の素直な反応に気をよくして、一馬は焦《じ》らすことなく、神宮の先端《せんたん》に爪《つめ》を立てた。

「……っ……」

息を詰めたのはどちらだったのか。二人の重なり合う息遣いがわからなくさせていた。だが、確実に神宮のものが迸《ほとばし》りを解《と》き放ったのは、手の平の感触でわかる。

「……すっきりした」

一馬は大きく息を吐いてから、清々《すがすが》しい口調で言った。あまりにも早い射精《しゃせい》ではあったが、周囲を気にしながらの行為は妙に興奮を増幅させていた。

「他に言い様はないのか」

全く余韻を感じさせない一馬の態度に、神宮は完全に呆れ顔だ。そういう神宮もまた、すっかりいつもの澄まし顔に戻っている。

「マジで誰も来なくてラッキーだったな」

結局、最後まで誰に会うこともなく、一馬たちはプールとプラスアルファを存分に楽しむことができた。フロントでチェックインをするときには、少し待たされたくらいに客が多かったのだ。一馬が自分の運の良さを呟くのも自然なことだった。

「久しぶりの休暇を楽しめってことなんだろ」

「神様の思《おぼ》し召《め》しってか?」

一馬がそう言うと、神宮が絶句した後、声を上げて笑い出した。余程、一馬の口から神様という言葉が出てきたことが予想外すぎたようだ。

たまたま誘ってみただけの旅行ではあったが、こんなに楽しげな神宮が見られるなら、また来てもいいかと、一馬は笑いながらそう思った。

2

「これでいいんだろ？」

一馬は鏡《かがみ》の前に立ち、どうにも違和感を拭《ぬぐ》えず、神宮に問いかけた。

札幌に到着して二日目、今日がメインの結婚式だ。そのために一馬は数年ぶりの礼服に着替えていた。だが、久しぶりすぎて、これが正解なのかの自信がなかった。

問われた神宮は、読んでいた新聞から目を離し、まじまじと不躾《ぶしつけ》な視線を一馬にぶつけてくる。

「それで問題ない」

「のわりに、なんだよ、その目は」

「そうしてると、随分《ずいぶん》と印象が違うなと思っただけだ。いつもの粗野《そや》な雰囲気《ふんいき》が薄《うす》れてる」

「褒《ほ》めてないよな？」

一馬はジロリと神宮を睨《にら》み付ける。

「いや。褒めたつもりだ」

「いつもとほぼ一緒だろ」

一馬は改めて自分の姿を鏡で見直す。

結婚式用の礼服とはいっても、黒のスーツに光沢《こうたく》のある白のネクタイをしているだけだ。普段、着用しているスーツと大差あるとは思えない。

「自分では気付かないものだ」

「そんなもんかね」

理解できないと、一馬は首を傾げながら気のない相槌《あいづち》を打つ。

「それで、何時に終わるんだ？」

神宮が話を変え、ベッドサイドのデジタル時計を見ながら尋ねてくる。

「挙式が一時からで、披露宴まで付き合わなきゃいけないから……」

一馬は腕時計で現在の時刻を確認しつつ、終わり時刻を予想する。挙式そのものは三十分程度で終わると聞いているが、その後の披露宴が長い。ホテル内にあるチャペルから披露宴会場に移動する時間も合わせると、早くても四時間はかかるだろう。

「五時には終わってるはずだけどな」

慣れない親戚づきあいは早々に終わらせたい。そんな願望を込めて一馬は答えた。

「だったら、俺はその間、観光でもしてくるか」

「お前が観光？」

似合わない響《ひび》きに一馬は吹《ふ》き出《だ》す。

「有休を使って来てるっていうのに、ホテルしか覚えてないんじゃ、答えに困る。それに、時間のあるときに土産《みやげ》も見繕《みつくろ》っておかないとな。無理を言って休みを取ったんだ」

有休が与えられた権利であるとはいえ、急な休みの申請だ。親類の結婚式という正当な理由がある一馬とは違い、神宮にとってはただの休暇でしかない。神宮は何も言わなかったが、もしかしたら、短時間でいろいろと手を尽《つ》くしたのかも知れない。

「確かに先に買っておけば楽だな。何かいいのがあったら、俺のも頼むわ」

「いいだろう。お前よりはまともな土産を選んでおいてやる」

「若干、気に入らない言い方だが、頼んだ」

土産選びなど面倒なことをしなくていいなら、少々の嫌みには目を瞑《つむ》る。警察に入ってから旅行に行ったことがなかったから、当然、土産を買って帰ったこともなかった。だが、さすがに今回ばかりは手ぶらというわけにもいかなそうだ。人付き合いなど全く気にしない神宮でさえ、職場での付き合いを考えているのだから、一馬もそれに倣《なら》うべきだろう。

「それにしても、まだ時間はあるな」

「早く着替えすぎたって？」

神宮の問いかけに、一馬はそうだと頷く。いくら親族だとはいえ、早めに行っても話すことは何もない。むしろ、いろいろ聞かれても面倒なだけだから、ギリギリに顔を出すつもりでいた。

「下にラウンジがあったろ？　時間つぶしにコーヒーでも付き合えよ」

「そうするか」

神宮もすぐに同意して腰を上げた。一馬と別れた後、観光に出かけるのなら、どのみち下には降りていかなければならない。断る理由はないということだ。

一緒に部屋を出て、エレベーターで一階まで降りると、すぐにラウンジが目に入る。中庭に面した前面ガラス張りのゆったりとしたラウンジには、一馬たちのように時間潰しが目的なのか、それなりに客の姿があった。

一馬と神宮もまた、その客の一人になろうと、中に入りかけたときだった。

「聡志?」

そう呼びかけられた神宮は、露骨《ろこつ》に顔を顰《しか》めた。声だけで相手が誰だかすぐにわかったのは、一馬も同じだ。まさかこんな場所で遭遇《そうぐう》するとは思わない相手だった。

「河東も一緒かよ。すごい偶然だな」

にこやかな笑みを浮かべて近づいてきたのは、神宮の元カレで、今は一馬とも友人関係を築いている、テレビ西都《せいと》プロデューサーの桂木暁生《かつらぎあきお》だ。

クォーターの神宮とは違い、純粋《じゅんすい》な日本人なのに、桂木にはどこか欧米人《おうべいじん》のような華やかさがあった。裏方に回っているのが惜しいくらいのいい男だ。二重の大きな目と通った鼻筋がそう思わせるのかもしれない。

最初は神宮の陰《かげ》になっていて、一馬が見えていなかったらしく、気付いた瞬間、さらに笑顔が増した。

「お前こそ、なんでここにいる?」

神宮が嫌そうな顔を微塵《みじん》も隠そうとせず、詰問《きつもん》するかのような強い口調で尋ねた。

「仕事に決まってるだろ。プライベートで来るほど、暇じゃないんだよ」

桂木は敏腕《びんわん》プロデューサーを装《よそお》うが、実際、なかなかに有能ではあるらしかった。だから、おそらく忙しいのも事実なのだろう。

「しかし、運命だな」

桂木がしみじみと呟く。

「何が運命だ。お前は大げさなんだよ」

嫌そうな顔のまま、神宮は吐き捨てる。

「いや、ここで会ったことだけじゃなくて、俺が何の仕事で来てると思う?」

「知るか」

「例のドラマが、好評《こうひょう》につき、第二弾の製作が決まったんだよ」

神宮の素《そ》っ気《け》なさには慣れているのか、桂木は全く意《い》に介《かい》することなく、得意げな顔で答えを口にした。

「例のって、アレか?」

今度は一馬が顔を顰める番だった。

例のドラマとは、三ヶ月前に放送された、刑事と科捜研所員がコンビを組んで、毎週、一つの事件を解決していくという刑事ドラマのことだ。その職業からわかるように、一馬と神宮をモデルにして製作されていた。そのために、一時期、番組スタッフや役者たちが、一馬と神宮に密着取材をしていたから、誰がモデルなのかは警視庁《けいしちょう》内では有名な話だった、おかげで、周りから随分と冷やかされ、あのドラマに関してはいい思い出はない。

「だったら東京で撮ってろ」

ドラマ内でも舞台は警視庁だった。北海道まで来る必要はない。神宮が冷静に指摘した。

「初回はスペシャル版として、北海道を舞台にしたんだよ。たまには画面を変えないとな」

桂木ではないが、運命と言いたくなる気持ちもわからなくはない。だが、それでもせっかく誰も知り合いのいない場所で羽を伸ばせると思っていただけに、一馬と神宮は顔を見合わせて軽く肩《かた》を竦《すく》め合う。

「だから、あいつらも来てるぞ」

そう言ってから、桂木は振り返り手招《てまね》きした。その方向に顔を向けると、見覚えのある二人が立っていた。ドラマで主演をした、紫室龍之介《しむろりゅうのすけ》と小篠絢《こしのじゅん》だ。

紫室は一馬をモデルにした刑事役をしただけあって、はっきりとした顔立ちもそうだが、快活《かいかつ》な雰囲気がどことなく自分に似ていると一馬は感じていた。片や小篠は神宮タイプの知的な印象のイケメンだ。桂木のキャスティング力だけは褒めるしかなかった。

「久しぶり」

一馬たちに気付いた紫室が、親しげに声を掛けてくる。

「先月、店に行っただろ」

「一ヶ月前の話じゃん。充分、久しぶりだっての」

紫室がこれだけ一馬に対して親しげなのは、ただ役者とそのモデルという関係だけでなく、取材を通じて親しくなり、紫室が雇《やと》われ店長をしているバーの常連になったからだ。ドラマの主演をする役者でありながら、紫室自身、本職はバーの店長だと言って憚《はばか》らない。

「忙しいんだよ」

嘘でも言い訳でもなく、一馬は実情を訴える。刑事という仕事柄、足繁《あししげ》く通う暇などない。

それが紫室には不満らしい。

「旅行には来られるのに、忙しいのかよ?」

「旅行じゃない。従兄弟の結婚式だ」

これがその証拠だとばかりに、一馬は白いネクタイに右手で触れた。

「それはさっきから気付いてたって。けど、そっちは違うだろ?」

紫室の視線は一馬の隣にいる神宮に注がれる。

礼服姿の一馬と違い、神宮はポロシャツに麻のパンツと完全に私服だ。式どころか、披露宴にも出られない格好なのは一目瞭然《いちもくりょうぜん》だった。

そっち呼ばわりされた神宮は、顔を顰めるだけで答えようとはしない。紫室の態度が気に入らないというより、元々、一馬と親しいことをあまりよく思っていないからだろう。

「おおかた、結婚式にかこつけて一緒に旅行しようとしたんだろ？　相変わらず、仲良しさんだよな」

紫室と小篠も、一馬と神宮の関係を知っている数少ない人間の一人だ。だからこその言葉なのだが、それがますます神宮を苛立《いらだ》たせているのが、横にいる一馬にも伝わってくる。

「紫室さん、もう少し、言い方を考えましょう」

それまで黙《だま》って後ろに控《ひか》えていた小篠が、遠慮《えんりょ》がちに口を挟《はさ》む。

「なんで？」

「公衆の面前です」

小篠は短い言葉で紫室の質問に答えた後、さりげなく周囲を見るように視線を動かした。

披露宴が行えるほどの大きなホテルだ。札幌は観光地だし、おまけに土曜日ともなれば、宿泊客も多い。ラウンジ前で立ち話をしている一馬たちは、かなり注目を集めていた。何しろ、紫室と小篠といった人気俳優がいるのだ。

「じゃ、場所を変えるか」

紫室の提案に小篠は困惑《こんわく》した顔で、

「これから撮影です」

「ちょっとくらい遅らせられないのかよ」

「無茶《むちゃ》言うな。今でも充分、タイトなスケジュールなんだ」

今度は桂木が紫室を窘《たしな》める。桂木にしては珍しく振り回されているように見えるのは、役者を辞《や》めていた紫室をドラマに引っ張り出すために、かなりの条件を呑《の》まざるを得なかったからだろう。

今でも紫室はさほど役者に執着《しゅうちゃく》していないようだから、桂木も機嫌《きげん》を損《そこ》ねないようにしているらしい。いつもは余裕たっぷりのできる男を装っているから、滅多《めった》に見られない桂木のこんな姿に、一馬は口元を緩《ゆる》める。

「こっちも式の時間が迫ってる。お前らに会わなきゃ、コーヒーでも飲んで、ゆっくり時間を潰すつもりだったのによ」

桂木を助けるつもりはなかったが、壁の時計が目に入った。式が始まる三十分前になっている。一応は一馬も親族だから、式の前には挨拶をしておくようにと、母親から煩《うるさ》く言われていた。それを考えれば、そろそろ控え室に向かったほうがいいだろう。

「ってことは、神宮はその間、暇ってことだよな?」

名案を思いついたとばかりに顔を輝かせて確認を求めてくる紫室に、神宮は警戒心《けいかいしん》を露《あら》わにして答えを避《さ》けた。迂闊《うかつ》に暇だと言ってしまえば、きっと面倒なことに巻き込まれる。神宮はそう予想しているに違いない。

「そうか。せっかく聡志が札幌にいるっていうのに、監修《かんしゅう》を頼まない馬鹿はいないな。撮影に付き合えよ」

面白そうなことにはすぐに食いつく桂木が、今回もまた素早く紫室に乗っかった。

「冗談だろ。そこまで暇じゃない」

神宮は素っ気なく答えるが、桂木と紫室には通じなかった。

「嘘吐けよ。お前が観光なんかで時間を潰せるわけないだろ。どうせ、結局は本でも読んで終わるに決まってる」

桂木に決めつけたように言われても、神宮は否定しない。おそらく、図星なのだろう。土産を買いに行くのは本当だとしても、早々に終わらせてホテルに戻ってくるに違いない。

神宮は出不精《でぶしょう》というわけではないものの、とにかく人混みが嫌いだ。札幌は有名な観光地な上に大都市でもある。考えるまでもなく、人が多いのは明らかだった。すぐに嫌になるだろうことは、一馬にも容易に想像できた。

「というわけで、親切にもお前に暇つぶしをさせてやろうと言うんだ」

「そうそう。感謝しろよ」

桂木と紫室に両腕を取られ、半ば強制的に神宮が連れ去られていく。

「何か……、すみません」

残っていた小篠が、何故《なぜ》か一馬に謝る。

「いや、連れてきた立場としては、ホテルに籠《こ》もられてるよりはいいかな」

さすがにそんな状態になられては、いくら神宮が好きでしていることでも、一馬も申し訳なく思ってしまう。それならまだ観光はできなくても、外に出て、札幌の街の空気を吸《す》ってくれたほうが気分的には楽だ。

「行ってこいよ。お前も撮影《さつえい》だろ？」

「はい、行ってきます」

急ぎ足で小篠が三人を追いかけていく。一馬はその後ろ姿を見送りつつ、ほんの少し、神宮に同情した。


一馬にとっては全く何の感慨《かんがい》も湧かない披露宴が終わった。親戚と言えど、子供の頃に会って以来の従兄弟だ。高砂《たかさご》席に座る新郎を見ても、こんな顔をしていたのかと思うくらいだった。それでも、親の代理出席の手前、話しかけられれば、笑顔を絶《た》やさずに対応した。それが一番疲れた。

式場を出たところで、携帯電話の電源を入れると、神宮からメールが入っていた。終わったらすぐに連絡しろとのことで、一馬はすぐに電話をかけた。

呼び出し音が二回響いた後、神宮の声が聞こえてくる。

「お前、まだ付き合わされてるのか？」

一馬がそう問いかけたのは、賑やかな雰囲気が電話越しに伝わってきたからだ。神宮が好き好《この》んでそんな場所にいるとは思えない。

『ああ。まだ撮影中だ』

「わかった。迎えに行ってやるよ」

神宮の嫌そうな声に、一馬はつい同情して自分から申し出た。一馬がいない間の暇つぶしに付き合わされているのだから、一馬がいれば、もうその名目はなくなる。

神宮もそれを望んで連絡をしてこいと言ったのだろう。有名な場所らしいから、タクシーの運転手ならわかるとのことだった。

一馬は電話を切った後、すぐにエントランスで客待ちをしていたタクシーに乗り込んだ。これ以上、神宮の機嫌を損ねないためにも、急いで向かったほうがいいだろう。だから、荷物だけフロントに預け、着替えもしなかった。

タクシーを走らせること、三十分。運転手に教えられる前に、何かを取り囲むように集まってた人だかりが見えた。そこが目的地だとすぐにわかる。おそらくロケをしていることに気付いた観光客が集まったのだろう。

さて、どうやってこの野次馬《やじうま》をかき分けて進むか。今日は警察手帳を持っていないし、大声を上げて目立つのも避《さ》けたい。

そんなことを考えながら、タクシーを降りた一馬に、一人の若い男が近づいてきた。

「河東さんですよね？」

「そうだけど、桂木んとこの？」

スタッフかという問いかけに、男はそうだと頷《うなず》く。

「ADの武井《たけい》です。河東さんを案内するように言われました」

「悪いな。忙しいのに」

「いえ、とんでもないです」

えらく恐縮《きょうしゅく》する武井の態度に、一馬は違和感《いわかん》を覚えた。

「武井くんさ、桂木になんて言われてんの？」

探るような視線を向けると、武井は目に見えて狼狽《うろた》えた。

「あいつには黙っててやるから、正直に言えよ」

一馬は睨みを利《き》かせ、低い声で詰め寄った。犯罪者でも竦み上がるのだから、武井など一溜まりもなかった。

「桂木プロデューサーの一番、大切な方なので、最上級のおもてなしをするようにと……」

「何言ってやがる。わざと誤解させる言い方しやがって」

一馬はこの場にいない桂木に舌打ちする。桂木がゲイであることは、公然の秘密のようになっているとは、以前に聞かされていた。カミングアウトこそしていないものの、ことさら隠そうともしていないからしい。その桂木がそんな言い方をすれば、一馬とそういう関係にあると疑いを抱くのも無理のない話だ。

「余計な気を遣わせて悪かったな。絶対にそんな関係じゃないから、周りにもそう言っとけ」

一馬は不機嫌さを隠しもせず、武井に命令した。桂木のことだ。おそらく他のスタッフにもそんなふうに話を通しているに違いない。その目的が、一馬の反応を面白がるためだけなのが、尚更《なおさら》、質《たち》が悪い。

「一旦《いったん》、休憩《きゅうけい》入りまーす」

たまたまそういうタイミングだったのか、一馬の到着と共に、スタッフの声がかかり、撮影が中断された。

「お、来た来た」

近づいていった一馬に、桂木がすぐに気付く。

「お前……」

さっきのことを抗議しようと一馬は口を開きかけたが、桂木の後ろからやってきた紫室の姿に絶句する。

撮影真っ最中なのだから当然のことなのだが、紫室は役の衣装を身につけていた。それが、普段の一馬そのものだったのだ。刑事らしく地味な紺《こん》のスーツだが、体にフィットした細身のデザインは一馬も愛用している。中が白いシャツなのも同じで、ネクタイにいたっては、一馬も持っているものと同じだった。

「ここまで似せるか？」

「リアリティを持たせるためには必要だろ。しっかりリサーチさせてもらいましたよ」

得意げに答えたところを見ると、桂木は意図的にここまで似せたようだ。

「ってことは、小篠も……」

一馬は視線を巡《めぐ》らせ、神宮と立ち話している小篠を見つけた。外でのロケだから、白衣こそ着ていないものの、いつもの神宮に似せたスーツ姿だった。

「ここまでやるから、俺たちがモデルだとバレバレになるんだろうが」

「何が不満だ？　羨《うらや》ましがられただろ？」

桂木は一馬の愚痴《ぐち》など全く意に介さない。平然として問い返してくる。

「羨ましがられようが嬉《うれ》しいわけないだろ。さっきだって、お前らとどういう関係だって、ずっと聞かれてたんだからな」

披露宴でのことを思い出し、一馬は顔を顰める。式の前に桂木たちと話しているところを出席者に見られていたのだ。桂木はともかくとして、紫室や小篠は人気俳優だ。その彼らと親しげに話していれば、気になるのも無理はないが、おかげで親戚からも質問責めにあったのだ。文句の一つも言いたくなる。

「今更？　話してなかったのか？」

桂木がいつの話だと不満げな顔をする。高視聴率を取った自慢《じまん》の人気ドラマだから、一馬にも自慢していてほしかったとでも言いたげな態度だ。

「わざわざ言って回るかよ」

「親にも?」

「電話してまで知らせるようなことじゃないだろ」

警視庁内ではドラマのモデルになったことは有名でも、一般には知られていない。親戚の中には一馬が刑事であることも知らない人間もいるくらいなのだ。

「だったら、周りにはなんて説明したんだ?」

「お前と知り合いだってことだけにしておいた。紫室の店の常連だなんて言えないからな」

紫室の店は隠れ家的な存在で、派手な宣伝もしていない。常連客だけで充分だという紫室の方針《ほうしん》だ。だが、役者として復帰し、出演作がヒットしたおかげで、紫室の周辺は騒《さわ》がしくなった。店のことも一部のファンに知られてしまい、一時は臨時休業《りんじきゅうぎょう》したり、別人をマスターに据えたりして、ほとぼりが冷めるのを待ったりしたのだ。

「おかげさんで元通りに戻ったから、また来いよな」

「ああ。時間を見つけて行かせてもらう」

紫室の誘いに一馬は気安く答える。隠れ家を謳《うた》っているだけあって、紫室の店は落ち着いていて居心地《いごこち》がいいのだ。

「なんだ、早いと思ったら、そのままの格好で来たのか?」

ようやく近づいてきた神宮が、一馬を見て、若干、呆れたように言った。

「着替えるのが面倒だったんだよ」

一馬は短く答えてから、

「それより、お前はもう抜けられるんだろ？　撮影は休憩に入っただけみたいだけど」

神宮に抜け出すきっかけを与えようと、あえて桂木にも聞かせるように尋ねた。

「俺たちももうすぐ終わるから、ちょっと待ってろよ」

「もう充分、付き合っただろ」

神宮が仏頂面《ぶっちょうづら》で桂木に答える。

「だから、そのお礼にメシを奢《おご》るって」

「奢り？」

その言葉に一馬は敏感《びんかん》に反応したものの、隣の神宮が険しい顔になったのを空気で感じ取り、返答を避けた。

「まだ仕事が残ってるんだろ。何時に終わるかわからないのに、待つ義理はない」

「冷たいなぁ。そんなに早く二人きりになりたいんだ？」

紫室に茶化されても、神宮は表情一つ変えない。

「ああ。だから、俺たちはもう帰る。お前は俺たちを構うより、たまにはスタッフたちを労《ねぎら》ってやるんだな」

「スタッフ?」

神宮の口からそんな言葉が出るとは思わなかったのか、桂木が訝《いぶか》しげに問い返す。

「今日はお前がススキノに連れて行ってくれるらしいと言っておいた。みんな、楽しみにしてるぞ。出来る上司なら、その期待を裏切ってやるな」

「いつの間に、そんなことを仕組んでたんだよ」

桂木が苦虫《にがむし》を嚙《か》み潰《つぶ》したような顔になる。いつもは仕組んでばかりだから、陥《おとしい》れられたことに対して腹立たしいのだろう。狐《きつね》と狸《たぬき》の化かし合い。一馬は二人のやりとりを見ていると、そんなふうに感じる。とても元恋人同士には見えない。だからこそ、一馬も桂木には全く嫉妬心《しっとしん》が湧いてこないのだ。

「じゃ、俺たちは帰るから」

もう用はないとばかりに、神宮は一馬の肩を押して歩き出す。

「東京に戻ったら、また店に顔を出す」

一馬は振り返り、別れの挨拶の代わりに、紫室に向かって言った。

「絶対、来いよ」

その言葉に送られ、一馬は神宮とともに人混みを搔《か》き分け、さっきタクシーを降りた通りまで進んだ。

「どこに行く?」

タクシーを捕まえる前に、まずは行き先を決めてからだと、一馬は神宮に尋ねた。

「とりあえずホテルに戻ろう。まだ腹は減ってないだろ？」

披露宴でフルコースを食べてきたばかりの一馬を神宮が気遣う。一馬がそのとおりだと頷くと、

「俺もまだ腹は減ってないんだ。桂木に付き合わされて、何杯もコーヒーを飲んだからな」

また神宮は顔を顰めた。撮影に付き合わされたことが余程、嫌だったらしい。

行き先はホテルに決まった。タクシーを捕まえ、乗り込んでから、神宮がふと思い出したように尋ねてくる。

「二次会には行かなくてよかったのか？」

「なんで俺が行くんだよ。新郎新婦《しんろうしんぷ》の同僚《どうりょう》とか友達ばっかだぞ？」

行くわけないだろうと一馬は逆に問い返した。

「誘われなかったか？」

「いや、そりゃ、誘われたけど、断るだろ」

一馬が即答《そくとう》すると、神宮が意外そうな目で見つめてくる。

確かに、新婦の友人たちからの誘いには、若干《じゃっかん》、心が揺らいだのは事実だ。中には一馬好みの美人もいた。元来、一馬がかなりの女好きだということを神宮は知っているから、疑いの目を向けられるのも無理はない。

「いくらなんでもお前が待ってるのがわかってて、二次会なんか行くかよ」

「さすがにナンパもできないか？」

「当たり前だ。っていうか、お前と……」

そう言いかけて、一馬はここがタクシーの車内であることを思い出した。いくら東京から離れているとはいえ、運転手が聞いているのに迂闊なことは口走れない。

「この一年は、一度もナンパはしてねえよ」

当たり障《さわ》りのない言葉に言い換え、一馬は自らの潔白《けっぱく》を訴えた。

「今日のところは信じよう」

「なんだよ、その限定的な言い方は」

ムッとして言い返すと、神宮がおかしそうに口元を緩める。

まるでいつもと変わらないやりとりだ。ついここが北海道だということを忘れてしまいそうになる。

そこから当たり障りのない会話で、車内をやり過ごす。どうしても、運転手の存在が気になり、自由に話ができないのはもどかしかった。

二十分足らずで、ホテルに到着した。カードキーだから、フロントで余計な手間を掛けられることがないのは便利だ。まっすぐエレベーターに向かい、部屋へと急いだ。

「やっぱり着替えてから行けばよかったな」

一馬は部屋に着くなり、ベッドに腰掛け、早速《さっそく》、自らのネクタイに手を掛けた。スーツは着慣れているとはいえ、フォーマルなものは、気持ち的に堅苦《かたくる》しく感じる。

「もう脱ぐのか？」

「当たり前だろ。いつまでもこんな格好をしてられるか」

そう言いつつ、ネクタイを引き抜こうと力を入れた手に、神宮の手が重なる。

「俺が脱がせる」

真顔で言い出す神宮に、一馬は一瞬、呆気《あっけ》にとられ、それから吹き出した。

「もしかして、この格好にそそられてる？」

「ああ。なかなかいい」

珍しく神宮が素直だ。冗談と思えないのは、自分を見つめる瞳の熱さでわかる。

「実は朝からそんなことを考えてたのか？」

「言わなかったか？」

「いつもの粗野な雰囲気が薄れるとかなんとか言ってたけどな」

あれが神宮からすれば褒め言葉だったのかと、今更ながら屈折《くっせつ》した神宮の性格に、一馬は呆れる。

「お前がネクタイを外すだけで満足するのか？」

「するわけないだろう」

神宮は堂々と言い放ち、ネクタイを掴んだまま、座っている一馬の右肩に残った手を置いた。そして、背を屈め顔を近づけてくる。

たった一日しか離れていなかったとは思えないほど、そのキスは濃厚で激しいものとなった。神宮の舌が一馬の口中に押し込まれる。一馬も負けじと、その舌に自らの舌を絡めた。唾液《だえき》が混じり合い、唇の端《はし》から零《こぼ》れ落ちる。

一馬を引き寄せるようにネクタイを掴んでいた神宮の手は離れ、代わりに首の後ろに回される。その手はそのまま首筋《くびすじ》を撫《な》で始めた。

もちろん、一馬もされっぱなしではいない。座っている一馬の顔の前には、立ったままの神宮の腰がある。一馬はその腰に手を回し、パンツの上から双丘を撫で回す。

互いに相手の出方を窺《うかが》うのは、常に抱くか抱かれるかの闘《たたか》いを繰《く》り広げているからだ。どうすれば、今日こそ、神宮を抱くことができるのか。一馬は必死で頭を働かせる。だが、いいアイデアが思い浮かばないまま、行動が先に出てしまった。

腰に回した手に力を込め、神宮を自分のそばに引き寄せる。バランスを崩《くず》した神宮が、一馬の上に倒れ込んできた。

結果、一馬は神宮に押しつぶされ、神宮の体重が一馬にのしかかる。

「重いぞ」

いくら神宮が細身でも、身長に見合った分の体重はある。それを体で受け止めさせられ、一馬は不満を口にした。

「自業自得《じごうじとく》だ。仕掛けたのはお前だろう」

だから、自分に非はないのだと、神宮は悪びれることもなく、体をどけようともしなかった。何も知らずにこの状況を見れば、神宮が一馬を押し倒しているように映るだろう。

神宮が一馬のバックを狙《ねら》っているのは、百も承知だ。押し倒されているこの体勢は、一馬には不利なように見えるが、実は逆よりも防御《ぼうぎょ》できているため、一馬はあえてされるがままでいた。仰向《あおむ》けで寝ている限りは、後孔は隠され、神宮も簡単には手を差し込めない。おまけに一馬は両手両足、自由なのだ。

神宮は真上から再び、一馬に顔を近づけてくる。先に進むのは諦《あきら》めたのか、今日、二度目のキスを求めてきた。

両手で自らの体を支えている神宮と違い、一馬は両手が好きに使える。だから、キスに応えつつ、神宮の体を下から存分に撫で回した。

もちろん、神宮を昂ぶらせようと必死だった。だが、全てを忘れるほどではない。だから、口中に差し込んできた神宮の舌が、何かを忍《しの》ばせていることに気付いた。

一馬は神宮の頭を摑んで押し返し、即座《そくざ》に口に押し込められた小さな粒《つぶ》を吐き出した。

「また催淫剤《さいいんざい》でも仕込もうとしやがったな」

「さすがに何度も引っかからないか」

「当たり前だ」

過去の苦い経験を思い出し、一馬は不機嫌《ふきげん》さを露わにした。

「仕方ない。これは諦めるか」

神宮がシーツに落ちたクスリを横目に、軽く肩を竦ませる。それから、左手だけで体を支えると、一馬に対抗するように、シャツの中に右手を忍び込ませてきた。

一馬も同じように神宮の胸元をまさぐっていたから、お互い様だと拒《こば》まなかったのだが、神宮の指の感触がいつもと違った。明らかに滑《ぬめ》った何かを纏《まと》っている。

「お前、何塗《ぬ》りたくってんだよ」

嫌な予感が拭《ぬぐ》えない。一馬が問い詰めると、神宮はニヤリと笑う。

「催淫剤は飲むだけじゃないってことだ」

神宮が思わせぶりな笑みを浮かべて返してくる。

一馬の嫌な予感は的中した。最初に飲ませようとした薬は囮《おとり》だったというわけだ。まさか、二段構えで来るとは思わなかった。

「結構、効《き》くらしい。成分を調べてみたが、確かに、効果がありそうなものが入ってた」

「そんなもの調べてんじゃねえよ」

「何が入っているかわからないものをお前に塗るわけにはいかないだろう」

真顔で答えるところを見ると、神宮は本気で一馬の体を気遣っているのだろうが、気の遣い方を間違えている。

「そもそも、そんなものを使わなきゃいいだけだ」

依然《いぜん》として、神宮が上で一馬が下になったまま、口論めいたやりとりが続く。だが、次第にクスリを塗られた胸が熱くなってくる。それに、むず痒《がゆ》さも伴《ともな》っていた。一馬は思わず自らの胸を手で押さえた。

「そろそろ効いてきたみたいだな」

見下ろす神宮の視線が、一馬を犯す。どんな変化も見逃さないと、神宮は一馬の全身を舐《な》め回すように見つめる。

神宮には体中、至《いた》る所まで知り尽くされている。だから、服を着たままでも、全裸《ぜんら》を見つめられているような感覚を覚えた。

胸から広がる熱が中心に伝わり、僅かに昂ぶりを見せ始める。まだスラックスを押し上げるほどの変化ではなくても、きっと神宮には気付かれているに違いない。そう思うだけで、また体が熱くなっていく。

「やっぱり、もう勃《た》ってきてるぞ」

神宮がそっと一馬の中心を撫で上げる。外見からはわからなくても、触れられれば隠しようがない。

「うるせえ。ろくでもないものを手に入れやがって」

一馬は息が上がりそうになるのを堪《こら》え、神宮に毒《どく》づく。

「お前がいつまでも素直にならないからだ」

「俺は充分に素直……」

言葉が途切れたのは、神宮が手に軽く力を入れたせいだ。さっきはただ手が当たっているだけだったのだが、今ははっきりと一馬の形に添っている。

もどかしさに知らず知らず腰が揺れる。けれど、焦らすつもりなのか、神宮の手はそれ以上、動かない。

「澄ました顔して、この旅行中に使おうと、ずっと狙ってたんだな?」

一馬は気を逸《そ》らすために、冷静に状況を判断する。北海道に来てから手に入れたはずがないし、成分を調べたというくらいだ。かなり前に入手していて、タイミングを見計らっていたに違いない。

「お前のために考えてやったんだがな」

「ああ?」

神宮の不遜《ふそん》な言い方に、一馬は眉間《みけん》に皺《しわ》を寄せる。

「東京だと、いつ呼び出しがかかるかわからない。勃ったままで捜査に出かけるわけにはいかないだろう?」

「恩着《おんき》せがましく言ってんじゃねえよ。いつ、俺がそんなおかしなもん、使いたいって言った?」

怒りがさらに体を熱くする。ただでさえ、クスリのせいで熱が上がってきているというのに、カッとなっては神宮の思うつぼだとわかっていながら、感情は止められなかった。

「だいたい、勃ったからって、お前が突っ込む理由になるか。出せば落ち着くんだから、俺がお前に入れればいいいんだ」

一馬は名案を思いついたとばかりに、神宮の腕を摑んだ。女じゃあるまいし、射精《しゃせい》できれば快感は逃せる。

だが、一馬のそんな言い分を神宮は鼻で笑い、摑んだ腕を振り払った。

「お前の体はそんな快感じゃ、もう物足りなくなっているはずだ。それに、力ももう満足に出せないだろう？」

悔《くや》しいが神宮の言うとおりだ。通常なら、神宮を跳ね返すことだってできるし、腕を振り払われることもない。それなのに今はクスリのせいで、上手く力が入らなかった。

「安心しろ。俺がお前を充分に満足させてやる」

不穏な言葉の後、神宮はそれを実行すべく、まず一馬のネクタイに手を掛けた。シュルッと音を立てて引き抜かれたネクタイはベッドの下に落ち、次にシャツのボタンが手際よく外されていく。

あっという間に上半身を剝《む》かれ、神宮の前に素肌を晒す。だが、既に一馬には神宮の行動を止めることはできなかった。

自分ではどうしようもないくらい、熱が全身に広がり、熱くて堪らない。中心はとっくに形を変え、スラックスを押し上げていた。

ベルトを引き抜かれ、スラックスを下着ごと、足から抜き取られる。その間、一馬はされるがままだった。下手に動くと、それが余計な刺激となってしまうからだ。今の一馬は、ほんの僅かな振動にでも反応してしまうくらい、過敏《かびん》になっていた。

前をはだけたシャツが肩で留まっただけの姿となり、まだ軽くしか触れられていないのに、完全に勃ち上がった中心は、一馬の視界にも映り込んでいた。

つい目を逸らしてしまったその隙《すき》に、何か冷たい液体が屹立に垂《た》らされた。

「何……？」

冷たさに顔を上げると、神宮が小さなボトルを一馬に見せつけてくる。

「胸に塗っただけで勃つくらいだ。直接、塗り込んだら、どうなるんだろうな」

神宮の不敵な言葉が一馬を引《ひ》き攣《つ》らせる。既に、その気配は感じていた。濡らされているというのに、中心は焼け付くほどに熱かった。

「どうする？　とりあえず、一度、イカせてほしいか？」

神宮の恩着せがましい言い方が、一馬をむかつかせる。

「お前の力なんか借りるかよ」

一馬は吐き捨てるように言って、自らに手を伸ばした。射精するだけなら、自分でもできる。

最近はもっぱら自慰《じい》することもなくなっていたが、人並みには経験している。

「ふ……ぅ……」

ようやく望んでいた刺激が得られ、一馬の口からは満足げな息が漏《も》れる。後は射精を促すように擦《こす》り上げればいいだけだ。

だが、神宮はそこまで一馬の好きにさせるつもりはなかった。一馬の左右の膝裏をそれぞれの手で摑み、割り広げながら足を折り曲げた。

「ちょっ……」

あらぬ場所を明らかにされ、焼け付くような羞恥《しゅうち》に襲《おそ》われる。一馬は思わず焦《あせ》った声を上げるが、それだけでは済まなかった。

「ああっ……」

後孔に与えられた濡れた感触に、一馬は堪らず声を上げた。首を曲げて見ると、神宮が一馬の双丘に顔を埋めている。

「それ……やめ……ろっ……」

制止を求める一馬の声は震えて、思うように言葉にならない。ただでさえ、過敏になっているところに、もっとも敏感な場所を舐められては、我慢などできない。クスリのせいもあって、いきなり絶頂へと連れて行かれる。

「は……あぁ……っ……」

一馬は高まりすぎた熱を放出するため、自ら激しく扱き始めた。達するのは後孔を神宮に愛撫されているからではなく、自分で扱《しご》いたせいだと思い込むためにも、手の動きを止めるわけにはいかなかった。

「いっ……くぅ……」

後孔に触れた舌以外の何かが、そのまま固く閉ざされた扉《とびら》をこじ開け、中へと押し入ってきた。異物感に一馬は顔を顰《しか》め、動きを止める。嫌でも全神経がそこに集中してしまう。

一馬の中を犯しているのは、神宮の指だ。確認しなくても、中で感じるその形でわかった。一馬を知り尽くした指が、中を探っていく。

「あ……はぁ……ああ……」

指が動く度に、一馬の口から声が漏れる。

どこを触られても、快感にしかならなかった。きっと屹立に垂らされたクスリが、そのまま奥へと伝わって、神宮の指とともに中にも入り込んだに違いない。いつもなら馴染《なじ》むまでは圧《あっ》迫感《ぱくかん》に苛《さい》まれるのに、それがまるで感じられない。全てが性感帯に変えられてしまったようだ。

「う……んっ……」

指が二本に増やされても、一馬にあるのは快感だけだった。零《こぼ》れ出る掠《かす》れた息は、その先を強請《ねだ》っているようにしか聞こえない。

一馬の中心は既に限界にまで張り詰めていた。なのに、神宮は最初に固さを確認してからは、一向に触れようとしなかった。たぶん、神宮は後ろだけで一馬をいかせようとしているのだろう。悔しいが、このままでは神宮の思いどおりになってしまう。それくらい、一馬の限界はもう目の前に来ていた。

「もう我慢できないか？」

神宮が顔を上げ、意地悪く問いかけてくる。自らの屹立に絡《から》んだ一馬の指が再び動き始めたことに気付いたからだ。

「うるさい……、黙……れ……」

こんな状況になっても、一馬は毒づくことを止めなかった。たとえ、体が快感に流されようとも、気持ちでは絶対に負けたくない。だから、せめて射精の瞬間は、一馬自身が与えた刺激のせいにしたかった。

「相変わらず、強情な奴だ」

そう言った神宮の声は、どこか嬉しそうに聞こえる。一馬が意地を張れば張るほど、神宮を喜ばせてしまうのだから厄介《やっかい》だ。

一馬は神宮を無視して、早く達するために手を動かし続ける。快感を追うことに夢中で、神宮の指が引き抜かれても、次の動きを予想して反応することができなかった。

神宮は開かせた一馬の足の間に座り直し、いつの間にか引き出していた屹立を後孔へと押し当てる。

「ああっ……」

抑《おさ》えようとしても抑えられない声が溢れ出る。

太くて固い屹立が肉壁を擦り上げながら押し入ってくる。その衝撃《しょうげき》は激しい快感となって一馬を襲った。

自らに伸ばしていた手は完全に動きを止めた。代わりに縋《すが》り付くように神宮の背中に回す。そうしなければ、どこまでも体がずり上がっていきそうだった。

「う……はっ……ぁ……」

突き上げられ、自然と声が漏れる。神宮の昂ぶりは的確に一馬の前立腺《ぜんりつせん》を擦り上げていた。依然として、神宮が触れないままの一馬の屹立は、先走りを溢れさせていた。

「じ……神……宮……」

一馬は譫言《うわごと》のように神宮の名を口にする。何かしてほしいとか、今の状況を訴えようとか、そんな目的はなかった。ただそう呟《つぶや》くだけで楽になるような気がした。

一馬の声を聞き、一瞬、神宮の動きが止まる。だが、すぐに今まで以上の激しさをもって、腰を使い始めた。まるで一馬の声に応えようとしているかのようだった。

双丘に神宮の屹立を打ち付ける音が、やたら淫猥《いんわい》に響《ひび》いて一馬の耳を犯す。聴覚さえも過敏になっているらしい。自分の息遣いまでもが興奮を増幅させるＢＧＭに聞こえてくる。

「もうっ……」

半ば叫《さけ》びに近い一馬の声が、神宮に最後の動きを促した。

「うっ……くぅ……」

中を抉るように大きく突き上げられ、一度も中心には触られないまま、一馬は限界を迎えた。解き放たれた迸りは、一馬の腹を濡らす。

性急ではあったものの、射精はした。それなのに、体の熱が一向に治まらない。一馬は肩で息をしながらも、首を曲げて、自らの中心に目を遣《や》った。

「まだいけそうだな」

神宮もまた一馬の股間を見下ろしていて、感心したように呟いた。達したばかりだというのに、萎える気配を見せていないのは、間違いなくクスリの効果だろう。

「もう……いい……」

一馬は掠れた声で訴え、神宮の手を払いのける。

熱がまだ冷めなくても、神宮の力を借りるのは癪《しゃく》に障《さわ》る。快感が長引くのは身体的に辛いが、そうすることは一馬のプライドが許さなかった。

「お前、今の状況がわかってるのか?」

「状況……あ……」

一馬の中の神宮が自己主張する。軽く突き上げられ、一馬は忘れていた存在を嫌でも思い出させられる。

「お前を満足させるために、俺は我慢してたからな」

「偉そうに言ってんじゃねえ」

思わず怒鳴りつけてしまい、そのせいで中にいる神宮を締め付ける結果になった。リアルに神宮の存在を感じて、一馬は顔を顰めて神宮を睨み付ける。

「安心しろ。ちゃんと責任は取る」

「いらないって言って……ん……」

一馬の拒否《きょひ》など、今の神宮には通じない。軽く腰を揺さぶるだけで、一馬を黙らせることができるのだ。

クスリのせいで極端に過敏になっている上に、達したばかりという状態だ。今なら髪の先に触れられても感じてしまいそうな気がする。

一馬が抵抗できないのをいいことに、神宮は繋がったままで一馬の体を横向きにした。

「あっ……」

それだけでも声が上がるほどの快感が背筋を駆け上がる。右足を高く持ち上げられ、一馬の腰はヒクヒクと震えた。

角度が変われば、突かれる場所も擦られる場所も変わってくる。それがまた違う快感となって一馬を苛んだ。

「はぁ……っ……あぁ……」

神宮が容赦なく腰を使い始める。一馬からはもはや抗議の言葉など出るはずもなく、ひっきりなしに快感を訴える声を上げるだけになっていた。

再び溢れ出した先走りが、屹立を伝って落ち、二人の繋がりを濡らす。それが潤滑油《じゅんかつゆ》となり、ますます神宮の動きが加速する。

おかしな体勢を取らされたせいで、もう神宮にしがみつくことはできない。体はいつの間にか手が枕に触れるほどずり上がっていた。一馬は自然とその枕を抱え込み、突き上げによる衝撃に耐えていた。

二度目となると、さっきのようにすんなりと達することはできない。長引く快感がますます一馬をおかしくさせる。勝手に滲み出た涙で視界は霞み、手は震えて上手く動かせない。それでも一馬は自らに手を伸ばした。早く射精したい。そのことしか頭になかった。

震える指を屹立に絡ませ、扱き出す。その間も神宮からの突き上げは止まることなく、前と後ろ、両方から快感を与えられる。

「も……イクっ……」

一馬は堪らず声を上げた。

「俺もだ」

決して大きくはないが、熱を孕んだ神宮の声が一馬に応える。

神宮は左手だけで一馬の体を抱え、右手を屹立に絡めた一馬の手に重ねる。そして、そのまま一緒に扱きだした。

「くっ……」

最後の瞬間は神宮の手に促され、一馬は迸りを解き放った。神宮もまた射精したようだが、コンドームを着けていたらしく、中に熱が広がることはなかった。

立て続けに二回も出したおかげで、一馬の中心はようやく落ち着きを取り戻した。それを確認したからか、神宮がゆっくりと自身を引き抜く。

「効果の持続力はこんなものか」

まるで実験していたかのように、神宮はいつもの冷静な口調で呟いた。どこかで手に入れた催淫剤の成分は調べていたようだが、さすがの神宮でも持続性までは実際に使ってみなければわからなかったようだ。

「実は、お前も密かに使ってたんじゃねえの？」

一馬はぐったりしつつも、嫌みを言うことは忘れなかった。だが、神宮はまるで気にしたふうもなく、

「俺には必要ない」

そう自信たっぷりに言い放った。

「その言い方だと、俺が不能みたいに聞こえるだろ」

「お前が不能？」

神宮が冗談だろうと言いたげな口ぶりで、鼻で笑った。ほんの数分前の状況を思い出しているに違いない。

「だから、不能でもないのに、おかしなクスリはいらないって言ってんだよ」

「そうだったか？　充分に楽しんでいたように見えたがな」

神宮には全く反省の色が見えない。こうなるのがわかっていたから、神宮の手を借りずにクスリを抜きたかったのだが、その効果は強すぎた。

「そんなに使いたきゃ、お前が自分に使えばいいだろ」

「それ以上のものが俺にはある。俺にとってはお前が催淫剤みたいなものだ。お前を見てるだけで、いつでもその気になれる」

澄ました顔で宣言する神宮に、一馬は呆気《あっけ》にとられる。おそらく、それが神宮の反省しない理由になっているのだろう。神宮が強引で勝手な真似をするのは、全て神宮をその気にさせる一馬のせいだと言いたいようだ。

「そんな絶倫《ぜつりん》自慢《じまん》されても、嬉しかねえよ」

一馬は表面上、ムッとした顔をしながらも、内心では悪い気はしていなかった。神宮ほど理性的な男が、一馬を手に入れるためならどんな手段も厭《いと》わないと必死になっているのだ。一馬を本気で欲しいと思うからこその行動だ。だから、さんざんな真似をされても、最後には許してしまう。結局のところ、一馬もまた神宮に惚れているからだった。

「それ、ちゃんと隠して捨てとけよ」

だから一馬は済んだことは仕方ないと、話を変えた。神宮が装着していたコンドームを中が零れないよう、口を縛《しば》っているのが目に入った。

「一流ホテルだと、室内のゴミ箱に捨てられたゴミでも、数日は保管するらしいな」

神宮がふと思い出したように、どこかで耳にした情報を口にする。

「なんでそんな真似するんだよ」

「万が一、客が間違えて大事なものを捨ててしまっても、対応できるようにだろ。そこまで客のことを考えているってことだ」

「ってことは……」

一馬は改めて、自分たちが今いる部屋を見直した。母親がたまの贅沢《ぜいたく》だと予約しただけあって、かなり立派なホテルだった。そうなると、さっきの神宮の話が適用される恐れがあるかもしれない。

「ここで捨てるな。外で捨てろ。持って出ろ」

慌てて命令する一馬に、神宮が吹き出した。

「そんなに気にすることか？　もう二度と泊まらないだろうし、ゴムを使ったことがばれても問題ないと思うがな」

神宮はまるで他人事《ひとごと》のように、冷静に指摘する。確かに、普通なら、使用済みのコンドームが部屋にあっただけでは、清掃係が嫌な思いをするくらいだ。だが、宿泊していたのが男二人だと知ればどうだろうか。

「お前が気にしてるのは男同士でと邪推《じゃすい》されることだろう?」

「邪推じゃねえけどな」

「多分、俺たちが二人で何かしてたじゃなく、女を連れ込んだと思われるだけだ」

「乱交かよ。それも嫌だな」

一馬は顔を顰めつつ、どちらがマシかを考えた。だが、どちらにせよ、もうしてしまった後では、考えるだけ無駄だ。

「まあいい。とりあえず、それは外で捨てろ。で、二度とここには来ないことにする」

渋々《しぶしぶ》ながら、一馬は頭を切り換えた。札幌に来ることももうないかもしれないし、それに札幌には他にもホテルは山ほどあるのだ。ホテル側に非はなくても、そうしないと一馬の気持ちが落ち着かない。

「意外に神経質だったんだな」

「お前も意外と無神経だよな」

一馬が負けじと言い返すと、何がおかしかったのか、ツボに嵌《はま》ったのかわからないが、神宮はおかしそうに口元を緩《ゆる》めた。

3

北海道で迎《むか》える二日目の朝が来た。取り立てて、何をしようという予定は立てていない。だから、無理をして早起きする必要もなさそうなのだが、問題はホテルを移動しなければならないことだ。チェックアウトしなくていいなら、もっと寝ていられるのにと、一馬は渋々、ベッドから這《は》い出した。

午前九時。それが神宮にたたき起こされた時刻だ。

「十一時までに出ればいいんだから、もう少し寝かせろよ」

一馬は文句を言いつつも身支度を始める。

「俺は慌ただしいのは嫌いなんだ」

「それはお前の問題だろ。俺は最悪、着替える時間だけあればいい」

普段からも、一馬はあまり朝の身支度に時間をかけない。起きてから三十分もあれば、充分に出かけられる。だから、二時間も前に起こされたことが不満だった。

「もう起きたんだからいいだろう。コーヒーでも飲みに行こう」

「お前が飲みたいだけだろ」

神宮の生活パターンを一馬は熟知《じゅくち》している。朝食は摂《と》らないが、コーヒーだけは欠かさずに飲んでいた。しかも、インスタントではなく、豆から挽《ひ》いたコーヒーじゃないと目が醒《さ》めないというのだから厄介だ。

神宮に付き合わされ、およそ半日ぶりの一階ラウンジへとやってきた。ここにはサンドイッチ程度の軽食ならあるのだが、神宮だけでなく、一馬もコーヒーだけを注文した。

「食欲がないみたいだな」

「誰のせいだと思ってんだよ」

一馬は目を細め、表情を険しくして、神宮を睨みつける。

「俺のせいか?」

「当たり前だ。お前がおかしなもんを使うから、まだ体のだるさがぬけない」

「そんな副作用はなかったはずだが……」

神宮が納得いかないふうに首を傾げる。

「本当に危なくないやつなんだろうな?」

朝から『催淫剤』とは口にしたくなくて、一馬は言葉を濁《にご》して確認を求める。

「それは保証する」

神宮が力強く断言した。

一馬に対してはろくでもないことばかり仕掛けてくる男だが、科捜研所員としての腕は信用している。専門分野でなくても、他の所員から助けを求められるくらいなのだ。その神宮が調べて問題なかったのなら、間違いないのだろう。

「この後の運転は俺が代わろうか？」

「いや、いい。助手席でただ座ってるほうが疲れる」

今後の予定について、二人が話し始めたときだった。向かいに座る神宮が、何かを見つけて露骨《ろこつ》に顔を歪《ゆが》める。

なんとなく一馬にもその原因の予想ができたが、あえて振り向かずにいると、

「よ、おはようさん」

案《あん》の定《じょう》、桂木の声が近づいてきた。

「今日の予定は？　帰るのは明日だったよな？」

桂木はそう問いかけながら、当たり前のように一馬の隣に腰を下ろした。

「お前には関係ない」

神宮は素っ気なく答えるが、桂木には全く通じない。さすが、過去に神宮と付き合っていただけあって、こんな態度には慣れっこのようだ。

「そんな冷たい言い方するなよ。せっかく運命的に出会ったたっていうのに」

「何が運命だ。ただの偶然だろ」

今度は一馬が冷たく突き放す番だ。何しろ、桂木の目的が一馬と神宮の関係を面白がることなのだから、まともに付き合っていては馬鹿を見る。

「それに俺たちはもうチェックアウトするんだ」

神宮が足下の荷物の存在を視線で教える。

「もう?」

「次に移動するからな。お前とはここでお別れだ」

「マジかよ。今日は河東も撮影に付き合わせるつもりだったのに……」

桂木が大げさに項垂《うなだ》れてみせる。

「お前たちはまだしばらくここに泊まるんだろ?」

問いかけというより確認する神宮に、桂木はそうだと頷く。一馬は桂木たちの予定など知らなかったが、神宮は昨日、撮影に参加していたときに聞いたのだろう。

そこへウエイトレスが桂木の分のコーヒーを運んできた。どうやら、席に着く前に注文していたらしい。

「というわけで、そのコーヒーは一人でゆっくり飲んでくれ。俺たちはもう出発する」

神宮は桂木の返事も待たずに立ち上がり、早くしろとばかりに一馬の腕を摑んだ。

「わかったって。そう急かすなよ」

一馬は文句を言いつつも腰を上げた。これ以上、邪魔されたくないのは一馬も同じだ。

神宮が伝票を持って先に歩き出す。一馬はそれを追いかけようとして、一瞬、足を止めた。

「じゃあ、またな」

「ああ。東京でな」

さすがに何も言わずに立ち去るのも、何かと世話になっている桂木に対して冷たすぎる。一馬は簡単な別れの挨拶をしてから、神宮の後を追いかけた。

チェックアウトを済ませると、すぐにレンタカーに乗り込み、次の目的地である登別《のぼりべつ》の温泉旅館を目指して走り出す。

親が決めた飛行機に乗り、ホテルに泊まっているが、一馬たちに問題はなかった。何しろ、どこかを観光したいという気持ちがないのだ。だから、札幌のホテルに二泊した後、登別に一泊でも、その予定を変えようとはしなかった。

「少しは観光でもしていくか？　向こうに着いてもまだ早いだろ」

「観光ねえ」

神宮の提案に、一馬は気乗りしないふうに答える。取り立てて見たい場所も行きたい場所もないし、それなら、まだ美味いものを食べに出かけるほうがいいくらいだ。

今日の宿である温泉旅館は、母親がたまのことだからと奮発《ふんぱつ》したらしく、一泊数万円はするとのことだった。となると、料理も期待できる。だから、その前に何か買い食いしようとも思わなかった。

「登別にはクマ牧場に水族館、時代村もあるみたいだぞ」

神宮がスマートフォンを操作しながら、画面に表示されたものを読み上げる。さっきから何かしていると思ったら、登別に何があるかを検索《けんさく》していたようだ。

「お前がどうしても行きたいというなら、付き合ってもいいけどよ」

時間があるのは確かだし、せっかく旅行に来たのだからと神宮が望むのであれば、一馬に拒む理由はない。

「いや、俺はいい」

自分で言い出しておきながら、神宮は即座に否定した。

「なんだよ、それ」

「正直、純粋な旅行というのをしたことがないから、どう過ごしていいかわからないんだ」

神宮が苦笑いで白状《はくじょう》する。日頃が忙しすぎる生活のせいか、ゆとりのある時間を持て余している状態なのかも知れない。

「だったら、昨日は撮影に付き合わされてよかったんじゃないのか？　いい暇つぶしになっただろ？」

「それとこれとは話が別だ」

余程、嫌な思いをしたのか、神宮は眉間に皺を寄せ、吐き捨てるように言った。

「何があった？」

「スタッフが入れ替わり立ち替わり、俺のところにやってきて、これは本当なのかとか、実際はどうなんだとか、質問責めだ。桂木はただ笑ってるだけで、止めやしない」

「監修のために呼んだからだろう？　科捜研所員として……」

「そうじゃない」

神宮は苦々しげな顔で、一馬を遮《さえぎ》った。

「それならまだ付き合ってやるが、撮影にすら関係なくて、どこまでモデルなのか、リアルの俺とどれだけ似てるのかをあいつらは知りたがってたんだ」

「それは、まあ、……ご愁傷《しゅうしょう》様というかなんというか」

言葉だけの慰《なぐさ》めを言いながらも、心の中では自分でなくてよかったと、一馬はしみじみと思った。それではまるで見世物だ。桂木が細かいところまで口出ししたせいで、ドラマの役柄《やくがら》設定は、かなり一馬たちに似ているのを認めざるを得ない。

「ってことは、早々に逃げてきて正解だったってわけだ」

「俺が犠牲《ぎせい》になったおかげだ。感謝しろよ」

神宮がここぞとばかりに恩を売ってくる。

「そもそもはお前の元カレだろうが」

「その元カレと友達付き合いしてるのは、どこの誰だ？」

問いかける神宮の口調には呆れた響きが含まれていた。

こうして簡単に口にできるほど、桂木が神宮の元カレだという事実に、一馬はなんのわだかまりもなかった。桂木は強引だし、自信過剰だし、自分勝手なところも多分にあるのだが、あのエネルギーはそれらを補《おぎな》って余りある。桂木に会うと触発されるというか、負けていられない気にさせられるのだ。だから、一馬は桂木のことが嫌いではなかった。

「とりあえず、宿に行くか」

状況の不利を変えるため、一馬は話を変える。

「チェックインまでに時間があれば、それから考えればいいだろ」

何せ、目的のない旅なのだ。結婚式が終わった今、決まっているのは今日の宿と明日の飛行機の便だけだ。

「そうだな。先に旅館の場所を確認しておくのもいいかもしれない」

神宮が素直に納得したのも、取り立てて行きたい場所がないからだ。

一馬は改めて、旅館に向けて車を走らせる。途中で休憩を一度も挟まなかったおかげで、一時間で登別に入った。

旅館は街の中心地にあった。風情《ふぜい》のある外観に感心しながら、一馬が玄関前に車を横付けすると、真っ先に駆け寄ってきたのは、旅館の従業員ではなかった。

「お待ちしてました」

「お前、なんで……」

車を降りた一馬は、あまりの光景に絶句する。神宮もまた同じ反応だったのだろう。声は一切、聞こえない。

「そりゃ、先輩《せんぱい》がここに来るって聞いたからに決まってるじゃないですか」

満面《まんめん》の笑みを浮かべた吉見潤《よしみじゅん》が、ホテルマンのように一馬の手から荷物を奪い取った。実際、一馬と同業の刑事というよりは、まだホテルマンのほうがその容姿には似合っていた。

一馬よりも身長は十センチも低く、小柄な上に細身で童顔《どうがん》。誰がどう見たって、刑事には見えない。それでも階級は一馬より上の警部《けいぶ》なのだから、扱いに困る。

「チェックインの時間には早いですけど、ホテルには言ってありますから」

「悪い。止められなかった」

先に旅館に入っていく吉見の後ろ姿を見ながら、後から姿を見せた本条《ほんじょう》が苦笑いで一馬たちに謝った。

「本条さんまで、こんなとこまで何の用ですか？」

吉見のことはさておき、本条がいることのほうが気になって、一馬はその場から動かずに尋ねた。中に入ってからだと、吉見に邪魔されて、まともに話が聞けないからだ。

無精髭《ぶしょうひげ》を蓄《たくわ》え、この中の誰よりも長髪で、一馬以上にワイルドさを醸《かも》し出す容姿をしているが、本条もまた捜査一課所属の敏腕刑事だった。

「捜査だよ」

「捜査？」

「逃走中の容疑者の実家が、登別なんだ」

そう言ってから、本条は事件の概要《がいよう》を説明し始めた。

一昨日《おととい》の深夜、警視庁管内でコンビニが襲われる強盗事件が発生した。抵抗したアルバイトの青年がナイフで刺され、現在も意識不明の重体だ。捜査本部が立てられ、本庁からは吉見と本条のいる班が応援《おうえん》に駆《か》り出された。防犯カメラの映像から、すぐに容疑者は割り出されたものの、行方不明《ゆくえふめい》だということだ。

「なるほどね。それで、可能性のありそうな場所に捜査員が派遣《はけん》されてるってわけだ」

ああと頷く本条の視線が、旅館の中に注がれる。いつまで経っても追いかけてこない一馬たちに焦れたのか、荷物を置いた吉見が戻ってきた。

「何やってるんですか？」

「事件の説明をしてたんだよ」

「あ、聞いてくれました？」

事件の捜査に来ているというのに、吉見はずっと笑顔だった。一馬に会えて嬉しいと、全身が物語っている。

「先輩が登別にいるときに、登別出身の容疑者を追いかけることになるだなんて、もうこれって、運命ですよね」

二日続けて知り合いに会い、二日続けて運命を口にされる。こうなってくると、偶然だけで

は済まない、何か因縁《いんねん》のようなものを感じてしまう。

「いくら同じ登別でも、会えるわけないと言ったんだが……」

「言ったって聞くような男じゃないっすからね」

一馬は心底、本条に同情して言った。ただの平刑事なら問題ないのだが、厄介なことに吉見はキャリアの警部で、しかも叔父は警視庁副総監《ふくそうかん》だ。一馬や本条は気にしなくても、周りはそうはいかない。自然と吉見の意見が通るようになってしまうのだ。

「吉見警部が自ら北海道行きに名乗りを上げてくれたおかげで、俺まで付き合わされることになったんだよ」

「保護者役ってわけですか」

「誰かさん繋がりで、俺が面倒を見ろと言われてる」

苦笑いの本条に、一馬も苦笑で返すしかない。吉見が一馬を慕《した》っているのは、一部では有名な話だ。だから、扱いづらい吉見の面倒は、一馬と個人的に親しい本条に任せてしまえと、捜査一課では考えたらしい。

「先輩たちが昨日は札幌で、今日、登別に来るっていうのを聞いたんで、先回りして待ってたんです」

「待ってないで捜査しろよ」

一馬は得意げな吉見に釘《くぎ》を刺《さ》す。

「してますけど、まだこっちに来てる形跡《けいせき》がないんですもん」

「もんじゃねえだろ」

出会った頃から、一向に刑事らしくならない吉見に、一馬は溜息を吐く。

「河東、こんなところで立ち話もなんだ。中に入ったらどうだ？」

それまで黙っていた神宮が、刑事三人の会話に割って入る。

いつもならこんなことを言わないのにと、一馬が神宮に顔を向けると、その後ろに旅館の半《はっ》被《ぴ》を着た男性従業員が遠慮がちに立っているのが見えた。どうやら、レンタカーを移動させるため、鍵《かぎ》を預かりにやってきたものの、話し込んでいて、声を掛けられずにいたらしい。何しろ、物騒《ぶっそう》な話をしているのだ。それで気付いた神宮が助け船を出したということらしい。

「ああ、すみません。お願いします」

一馬は笑顔を取り繕《つくろ》い、男性従業員に鍵を手渡す。

「お預かりします」

丁寧《ていねい》に頭を下げて鍵を受け取った男性従業員が車に乗り込む。それを合図に、一馬たちは旅館内へと移動した。フロント前には和風なテイストを醸し出すロビーがあり、いくつものソファセットが備えられていた。その一番奥まった席に一馬たち四人は腰を落ち着ける。

「そうだ、吉見」

一馬から名前を呼ばれ、吉見は嬉しそうに笑顔で反応する。

「ここに売店があるだろ？　目覚ましになりそうな、ミントの強いガムを買ってきてくれ」

「わかりました。すぐ行ってきます」

普通なら使いっ走りなどムッとするところなのだが、一馬の頼みであれば、吉見はなんでも喜んで引き受ける。吉見はすぐさまホテル内の売店に早足で向かった。

「あいつがいると、話が進まないんで」

だから一時的に追い払ったのだと、一馬は本条に説明する。これまでに何度も吉見に引っかき回されている神宮には、言うまでもない。

「それは賢明《けんめい》な処置《しょち》だな」

既に本条も吉見の厄介さを体感しているのか、実感の籠もった口調で同意した。

「それで、こっちは確率的にはどんなもんですか？」

一馬は早速《さっそく》とばかりに、登別に犯人《はんにん》の現れる可能性について尋ねた。

「ゼロではない。というか、正直、どこも本命だとは言い難《がた》いんだ」

「容疑者について教えてもらえますか？」

一馬の表情からは、さっきまでのリラックスした雰囲気は消え失せる。そして、完全に刑事の顔になって、本条に質問を投げかける。

「容疑者《ようぎしゃ》の平塚忠志《ひらつかただし》は二十五歳のフリーター。高校卒業後、専門学校に進学するために上京したものの、すぐに学校には行かなくなり、それからずっとフリーター生活をしている」

「親から仕送りは？」

フリーターならそれほど収入があったとは思えない。東京で何年も一人暮らしを続けられる資金はどこから出ていたのか。一馬はそれが気になった。

「ないから、今回の凶行《きょうこう》に及《およ》んだんだろう。平塚の両親は奴が十歳のときに離婚している。奴は母親に引き取られたが、生活はあまり楽ではなかったようだ」

「じゃ、こっちに住んでるのは母親？」

「いや、父親も同じ登別市内で暮らしてる」

「つまり、逃げ込む場所は二カ所、あるってことか……」

一馬は自分の頭を整理するように、口に出して呟く。

「他に逃亡先は？」

「今のところ、都内に住む友人知人には連絡が来ていない。懇意《こんい》にしている親戚もいないとのことで、捜査本部は地方に散らばった学生時代の友人を当たっている」

「なんだ。こっちに来る可能性が一番でかいじゃないですか」

現在ではなく、過去の繋がりを頼って逃げていったとして、果たして、相手は犯罪者《はんざいしゃ》を匿《かくま》ってくれるだろうか。今はまだ平塚の名前は公表されていないが、容疑はほぼ確定しているから、マスコミ発表も時間の問題だ。そうなれば、最後に頼れるのは親のところくらいだろう。

「だが、奴は東京に出てきて以来、実家には一度も戻っていないし、ここ数年は電話の一本もかけてきていないそうだ」

容疑者として平塚の名前が挙がった時点で、捜査本部は居所を確認するため、両親に問い合わせてそれは確認済みだと、本条は付け加えた。

「そんなこと言って、実は本条さんだって、こっちが本命だと思ったから、吉見に付き合ったんじゃないんですか？」

一馬の言葉に、本条が否定もせずにニヤリと笑う。

本条は一馬が認める数少ない有能な刑事だ。いくらコネが強いとはいえ、吉見ごときに振り回される男ではない。つまり、もっとも平塚が現れる可能性が高い登別に来るために、吉見を利用したのではないか。話を聞いているうちに、一馬はそう思ったのだが、どうやら間違ってはいないらしい。

「俺は自分がこっちに来たいから、吉見を焚《た》きつけたんだが、まさか、お前らが来てるとはな」

「それは知らなかったんですね」

「俺はあの坊《ぼっ》ちゃんとは違って、お前らの情報は集めてないからな」

呆れたように言った本条の言葉に、一馬と神宮は思わず顔を見合わせる。

「今、聞き捨てならないことを聞かなかったか？」

「聞いたな」

神宮が苦々《にがにが》しげな顔で、一馬の空耳ではないと断言する。そんな二人に、本条がさらに追い打ちを掛ける。

「知らないのか？　あいつ、多摩川西署と科捜研に、毎日のように電話してるぞ」

「何やってんだ、あの馬鹿」

「なんで俺まで……」

　一馬と神宮が口々にぼやくのを聞き、本条がふっと小さく笑う。

「そりゃ、お前らがセットだからだろ。俺だって、河東の居場所を知りたきゃ、真っ先に、神宮に聞くぞ」

「俺は河東の日々の行動なんて、把握《はあく》してませんけどね」

　心外だとばかりに、神宮が顔を顰めて否定する。

「俺だってそうだよ」

　一馬も負けじと言い返す。たとえ、恋人同士であろうと、常に行動を共にしているわけではない。むしろ、他の恋人たちに比べたら、圧倒的に一緒にいる時間は少ないだろう。

「そんなことはさておきだ。正直、お前たちがこっちにいてくれて助かった。いざってとき、あの坊ちゃんは戦力にはならないからな」

　実感の籠もった本条の言葉に、一馬も頷くしかない。吉見の親族の力を利用できるのはありがたいが、外見から推測《すいそく》できるとおり、吉見には腕力がない。キャリアだけあって頭はいいのだが、暴《あば》れる容疑者の身柄を確保する際には、全く役に立たないことは、一馬も経験上、よく知っていた。

「お前たちと言いましたが、俺も戦力にはなりませんよ」

神宮は当てにされても困ると、念を押すように言った。

「いやいや、ご謙遜《けんそん》を」

本条は冗談っぽく言ってから、

「お前は腕に覚えがなくても、その分、知恵が働く。策略《さくりゃく》で追い込むタイプだ」

「言えてる」

的確な神宮批評《ひひょう》がツボにはまり、一馬は声を上げて笑った。

「せっかくの休暇なのに、悪いな」

本条が神宮に対して、謝罪の言葉を口にする。

「俺には？」

一応、一馬は自分も休暇中だと訴えてみた。けれど、神宮と本条から、二人揃って、鼻で笑われる。

「お前が事件と聞いて黙っていられるのか？」

「頼まなくても、勝手に乗り出してくるんだろ？」

二人はばらばらに決めつけたような質問を繰り出してくる。それが全て当たっているだけに、一馬は笑って誤魔化《ごまか》すしかない。

「先輩、買ってきました」

まるで話が終わるのを見はからっていたようなタイミングで、吉見が戻ってきた。

「はい、どうぞ。捜査に協力してもらうお礼に、俺の奢りです」

「安い報酬《ほうしゅう》だな」

一馬は文句を言いつつも素直に受け取った。確かに少し寝不足ではあるが、ガムを必要とするほどでもなく、恩を着せられることでもないのだが、おかげで、事件の詳細は理解できた。

「そういえば、道警に協力は頼まなかったのか?」

一馬は思い出したように、根本的なことを吉見に確認する。普通なら他府県で捜査する場合、そこを管轄《かんかつ》する県警に協力を要請する。一馬は例外として、無断で捜査することはありえないのだ。

「捜査協力は、吉見警部が独断で断りました」

吉見に代わって、本条が茶化したふうに答えた。

「なんで?」

さすがの一馬も驚きを隠せず、唖然《あぜん》として張本人の吉見に尋ねる。

「だって、道警が入ってきたら、先輩に頼めないじゃないですか」

「そういう問題じゃないだろ」

「ちゃんと話は通してありますよ。勝手に捜査させてもらうので、お気遣いなくって」

吉見は全く悪びれずに答える。これが演技ではなく、本心から出た言葉だから、余計に質が悪い。これでも許されているのは、警察庁高官の父親と警視庁副総監の叔父の力があるからだ。もっとも、実際に父親たちが何か言ってくるわけではない。周りが勝手に気を遣っているだけのことも多かった。

「最初についた先輩が先輩だから、こんなふうに育つのも仕方ないだろうな」

神宮が横目で一馬を見つつ、当てこすりの嫌みを口にする。

「俺が悪いってのか？」

「お前ほど、教育係に向かない男はいない」

「俺だってやりたくてやってたわけじゃねえよ」

一馬と神宮の間で、いつもの言い争いが始まる。些細《ささい》な口喧嘩《くちげんか》は日常茶飯事《にちじょうさはんじ》で、二人からすれば、食事をするのと同じくらい自然なことだった。

「まあまあ、喧嘩はやめましょう。せっかくの旅行中なんですから」

けれど、吉見は本気の喧嘩と受け取り、自分が原因のくせに、仲裁《ちゅうさい》に入ろうとする。一馬と神宮は毒気《どくけ》を抜かれて口を噤《つぐ》む。それに調子づいた吉見がさらに話を続ける。

「それに道警の協力なんていりませんよ。なんたって、先輩がいるんですから。道警の刑事が何人来たって、先輩一人のほうが頼りになります」

褒められてはいるのだろうが、一馬は全く嬉しく感じなかった。

「いいんですか？　こんな勝手を許して」

念のため、一馬が本条に確認を取ると、

「責任は警部が取るわけだし、好きにすればいいんじゃないか？　まあ、実際、お前のほうが当てには出来る」

本条は半ば諦めているのか、放任していることを認めた。

「それじゃ、こうして話してても始まらないし、二人一組で張り込みでもしますか」

早く捜査を始めたい一馬は、早速、他の三人に提案した。ちょうど四人いるのも好都合だった。単独行動が得意でも、容疑者を確保するには、やはり人手があるに越したことはない。たとえ、腕力に自信のない相手でもだ。

吉見たちが北海道に来るまでの時点で、北海道への搭乗便《とうじょうびん》に平塚の名前はなかった。もっとも、逃げている身で、馬鹿正直に本名で搭乗するとは思えない。現在、羽田から北海道の各空港への搭乗便を利用した乗客全ての身元を確かめているところだった。

「そうだな。母親と父親、どちらとも疎遠なら、両方を張っておくべきだろう」

「じゃ、俺と神宮は母親のほうに……」

「それは駄目です」

コンビ分けをしようとした一馬を、吉見が強い口調で遮った。

「なんで、駄目なんだよ」

「先輩、非番なんですよ？　警察手帳を持ってないじゃないですか」

「あ……」

吉見の指摘に、一馬は言葉を失う。今が休暇中だということをすっかり忘れていた。警察手帳がなければ、身分を証明できないし、何かあったときに警察の力を使うことができないということだ。

「だから、先輩と俺がペアで、本条さんと神宮さんがペアになるってことでいいですよね？」

吉見が得意げに仕切り、神宮は露骨に不満顔をしてみせた。本条が嫌なのではなく、一馬と吉見がペアになるのが不満なのだ。

「お前には悪いが、この組み合わせしかないだろ」

本条も吉見の提案に同意する。

警察手帳を所持している吉見と本条が別れるのは当然として、それぞれと誰が組むかは、冷静に考えれば他に選択肢《せんたくし》がないことは、一馬たちにもわかることだ。

刑事のくせに戦力にならない吉見と、どこからどうみても頭脳派の神宮が組めば、万が一、そちらに平塚が現れた場合、最悪、取り逃がしてしまう恐れがあるからだ。

ただでさえ、休暇中に捜査に付き合わされた上に、一馬を慕っている吉見にペアの座を譲《ゆず》らなければならないのだから、神宮の機嫌がよくなるわけがなかった。反論こそしないものの、神宮の冷たい顔が予想できて、一馬は隣を向けなかった。それでも、目の前にある事件を優先させたかったからだ。

「俺と吉見で母親を、本条さんと神宮で父親を張り込むってことでいいですか？」

「ああ。明日、お前たちが帰るまでは、それで行こう」

本条の許可も取れたことで、一馬は旅館の部屋に入ることもなく、すぐさま従業員に車を戻してくれるよう頼んだ。どうせ、一馬が運転するのだ。一馬が乗ってきたレンタカーでいいだろう。東京でさえ、吉見には運転を任せられなかったのに、慣れない土地なら、なおさら、自分で運転するに限る。

本条たちが乗って来た車は、すぐに出ることがわかっていたからか、正面玄関近くに停められていて、鍵も本条が持っていた。だから、神宮と本条が先に出発していった。

神宮のことは気になるものの、本条と一緒なら危険な目に遭《あ》うことはないだろう。神宮を任せても大丈夫だと思えるくらい、一馬は本条を信頼していた。

「しばらく会ってなかったけど、ちゃんと刑事をやってんのか？」

車を待つ間、一馬は隣にいる吉見に尋ねた。

吉見が多摩川西署から異動した後も、何度か顔を合わせているが、コンビを組んで捜査するのは、久しぶりだ。本条の口ぶりではあまり進歩しているとは思えないのだが、やはり最初に指導した立場としては気になった。

「もちろんですよ」

何故か、吉見は自信たっぷりに答える。そう言えば、昔から変なところで自信を持つ男だったと、一馬は迷惑《めいわく》を被《こうむ》った過去を思い出した。

「今は本庁の捜査一課だろ？　本当に大丈夫か？」

「最近、つくづく思うんですよ。刑事に向いてるなって」

「あ、そう」

もはや一馬は頷くしかなかった。根拠《こんきょ》のない自信でも、自信過剰になりすぎなければ、前向きに捜査に取り組める分、卑下《ひげ》するよりはマシだ。

話のキリがいいところで、車が二人の前に回されてきた。一馬が鍵を受け取っている間に、吉見が当然のように助手席に回り込む。

「どこに行けばいい？」

車に乗り込むと、一馬は不本意ながら、吉見に指示を仰《あお》いだ。母親を張り込むと決めたものの、どこに住んでいるのか、日中は何をしているのかなど、何も知らないのだ。

「昼間は病院で清掃員として働いています。今日も勤務日なので、病院を張り込みましょう」

吉見はそう言ってから、カーナビを操作し始めた。調べておいた病院の住所を目的地に設定する。

一馬はその案内に従って、車を走らせ始めた。

「まだ本部から平塚を発見したって連絡は来てませんけど、本当に親のところに来ると思いますか？　母親のところって、もっとも警察にマークされる場所じゃないですか」

北海道行きに名乗りを上げて、こんなところまで来ておきながら、吉見は不安を口にした。そう警察に見張られていることを警戒して、平塚も親のところには近づかないのではないか。そう心配しているのだろう。

「強盗していくら奪えた？」

一馬は急に話を変えるような質問を投げかける。

「七万円弱です」

「たいした逃走資金にはならないな。素人《しろうと》が偽名《ぎめい》で海外に逃亡《とうぼう》できるルートを持っているとも思えないから、国内を逃げ回るしかない。となると、七万じゃ無理だ。どこかで資金を調達する必要がある」

「だから、母親に頼ってくると？」

吉見の問いかけに、一馬はそうだと頷く。

「担保《たんぽ》もナシに金を貸してくれるのなんて、家族くらいだろ。母親も匿うんじゃなくて、金を渡すだけなら、聞き入れやすいしな」

親子の情があるから、助けたいとは思うだろう。だが、警察に見張られている中、犯罪者を匿うことができるかどうかを考えれば、簡単には行動に移せないはずだ。だが、逃げるための金が必要だと泣き付かれれば、つい手助けしてやろうとしてしまう。どこかで生きていてくれれば、それでいいと思うのだろう。

「だから、母親を見張るんだ。直接、会いに来なくても、もしかしたら、送金の指示があるかもしれないからな。怪しい行動をすれば、何か連絡が入った証拠《しょうこ》だ」

「わかりました。しっかり見張ります」

張り切って宣言する吉見を見ても、不安しか感じられない。

「頼むから、お前はあまり張り切りすぎるな」

一馬は一抹《いちまつ》の不安を抱えつつ、吉見に釘を刺した。


一馬と吉見は、病院の通用口を見張っていた。もちろん、見つからないよう、少し離れて停めた車の中からだ。

病院側に話せば、もっと見張りやすい場所を提供してもらえたかもしれない。だが、それでは息子が犯罪者であると、周りに知らせてしまうことになる。そうなると、母親は職を失いかねない。だから、一馬たちは誰にも内緒で張り込みをしていた。

母親の勤務先は正確に言えば、病院ではなく清掃会社だ。そこから派遣されているのだが、朝八時から午前中いっぱいが病院で、午後からはまた別の場所というのが、最近のシフトだと、勤務先の清掃会社で聞いてきていた。

「中にいるときに、携帯電話で連絡されたら、俺たちにはわかりませんよね？」

見えない場所で張り込みを続けることの不安を吉見が口にする。

「携帯で連絡し合うだけじゃ、金の受け渡しはできない。仮に、ネットバンキングを利用したとしても、引き出そうとすれば居場所がばれる」

「それじゃ、どこかで直接、受け渡しを？」

「直接じゃなくたって、受け渡しはできる」

一馬は若干苛立《いらだ》ちながら、質問に答えていた。一緒にいるのが本条なら、こんな質問をされることはないし、刑事ではない神宮でもそれくらいは推察《すいさつ》できるはずだ。

「ってことは、メールで連絡してくるんですかね」

「来たぞ」

一馬はそう囁《ささや》くことで、吉見の無駄口を封じる。

視線の先には、写真で覚えたのと同じ顔をした平塚の母親がいた。一馬たちが病院に到着したのが昼前だったから、それほど待たずに済んだ。

母親は同僚らしき女性と病院前のバス停まで一緒だった。そこからは行き先が違うのか、女性はバスを待たずに歩き出す。母親は一人、バス停に残された。

捜査本部は母親に息子の行方については尋ねたが、警察発表がまだだからと、事件については教えていないらしい。そのせいなのか、バスを待つ母親の姿は、遠目で見る限り、不審《ふしん》なところは感じられなかった。

母親は次の仕事先まで、いつもバスで移動している。このまま車に乗っていれば、バスを尾行することくらい、楽な作業だ。

ほぼ時間通りにやってきたバスに母親が乗り込む。一馬はそれに合わせて、ゆっくりと車をスタートさせた。

次の勤務地のあるバス停はわかっている。だが、簡単なバスの尾行を初めて三十分、降車するはずの一つ手前のバス停で、母親がバスから降りてきた。

「降りましたよ。どうするんですか?」

母親の予定外の行動に、吉見が興奮して尋ねてくる。

「どうするも何も、後をつけるに決まってるだろ。行くぞ」

一馬は車を歩道に寄せて停めた。母親の姿はちゃんと視界の中に収まっている。

「お前は俺の真似をしながら、俺の後ろを歩け」

尾行が下手な吉見が足手まといにならないよう、そう命令して、徒歩での尾行を開始した。

バスに乗るまでは、母親の態度に不審なところはなかった。だが、降りた途端、周りを気にする素振りを見せ始めた。明らかに車内で何かあった証拠だ。母親を見つめる一馬の視線が険しくなる。

ほんの数分歩いたところで、母親が周囲を窺いつつ立ち寄った場所は、銀行だった。

「お前はここで待ってろ」

「置いていかないでくださいよ」

「邪魔だ。二人だと目立つ」

一馬は短い言葉で吉見を制し、銀行内に消えた母親を一人で追いかけた。

顔は知られていない上、今日は私服だったのも功《こう》を奏《そう》した。刑事に追いかけられることは母親も想定しているだろうが、外見上、今の一馬は全く刑事に見えない。だから、ＡＴＭコーナーで並ぶ母親の真後ろに立っても警戒されることはなかった。

短い列はすぐに解消され、母親の順番が回ってきた。さすがに機械の前までついていくわけにはいかず、一馬は電話が掛かってきた振りで列から離れ、通話中を装いながら出入り口付近まで移動して、母親の様子を窺う。こうしておかないと、用もないのに一馬の順番が回ってきてしまうし、横並びの機械の前に移動すれば、母親が何をしているのか知ることができない。距離は少し離れてしまったが、ここにいればまだ様子を知ることができるのだ。

母親の目的は、やはり出金だった。機械から出てきた現金を封筒に入れている様子から、二、三十万円はありそうに見える。

おそらくバスに乗っている間に、平塚からメールで助けを求められたに違いない。となれば、この後、なんらかの形で受け渡しをするはずだ。

母親よりも一足先に銀行を出て、吉見と合流する。

「どうでした？」

「話は後だ。来るぞ」

一馬は銀行の出入り口から目を離さず、出てきた母親の尾行を再開する。

母親は元来た道を戻り、バス停で足を停めた。どうやらまたバスに乗るつもりのようだ。一馬たちも急いで車に戻る。

「今のうちに本条さんに連絡しろ。こっちに合流してくれってな」

「犯人から連絡があったんですね？」

吉見が弾《はず》んだ声で問いかけてくる。

「多分な。今、金を下ろしてた。ほら、早く連絡しろ」

電話をするくらいなら吉見にもできる。一馬にはバスが動き次第、尾行するという仕事があるのだ。

バスが到着し、母親が再びバスに乗り込む。一馬はバスが動き出すのを待って、車を走らせ始めた。

本来なら、次の仕事場のあるバス停で降りるはずが、母親は降りなかった。勤務時刻が迫っているというのに、どこに行こうというのか。平塚とどこかで金の受け渡しをするのは、もはや疑いようがない。ハンドルを握る一馬の手にも、自然と緊張《きんちょう》が走った。

「やっぱり先輩の読みはすごいですね」

この状況下でも全く緊張感のない吉見が、一馬を褒める。母親と父親、どちらを見張るか選択したのは一馬だ。

「母親が息子に甘いってのは常識だ。本条さんだってわかってたさ」

一馬は褒め言葉にも素っ気ない。吉見に褒められたところで嬉しくはないし、何より、褒められることでないのは、一馬自身、よくわかっていた。

どちらが逮捕《たいほ》するかが問題ではなく、大事なのは容疑者の身柄を確保することだ。本条は検《けん》挙率《きょりつ》に拘《こだわ》っていないから、一馬に任せてくれたのだろう。

母親がバスを降りたのは、登別駅前だった。この辺りでは一番の人の多さだ。逃走している平塚と会うには、人気の多い場所のほうがいいと考えたのだろうか。

一馬は吉見に指示して、今の場所をまた本条たちに連絡させる。こちらに向かっているはずだが、合流地点を決めていなかった。

母親はバスを降りたものの、何かを探すように周囲を見回している。

「本条さんたち、もうすぐ近くまで来ているそうです」

母親から目を離さないでいる一馬に、吉見がメールの返事を報告してくる。

「そりゃよかった。多分、この辺りで受け渡しをするだろうからな」

「ホントですか？」

「ああ。今、指示された店でも探してるんだろうよ」

一馬のその読み通り、母親は目当ての店を見つけたらしく、ようやくその方向に歩き出した。その先にはどう見てもパチンコ店しかない。

「お前は裏口を押さえろ。本条さんが来たら、すぐに応援に行ってもらうから」

だから、それまでは一人で何とかしろと吉見を送り出し、一馬は店の入り口から中に入っていく母親を見送った。

もしかしたら、もう既に平塚が店内にいるかもしれないが、密売現場を取り押さえるわけではないのだから、店内で捕り物劇《とものげき》を繰り広げる必要はなかった。店に入るところか出るところを確保するだけでいい。

一馬は自分に近づいてくる気配に気付きつつ、視線は店内にいる母親から逸らさなかった。

「母親は中か？」

そっと隣に立った本条が問いかけてくる。平塚がやってくる前に合流できたのは、ついているといっていいだろう。

一馬はそうだと頷く。

「今、吉見に裏口を見張らせてるんで、応援に回ってもらえますか？」

「わかった」

本条に面倒な説明は必要ない。すぐに吉見のいる裏口へと走っていく。

「パチンコ屋とは考えたな」

一馬の隣に並び、同じように入り口に視線を据《す》えた神宮が、感心したように呟いた。

パチンコ店の客は、周りのことなど見ていない。せいぜいがよく出る台があるかどうかを見て回るくらいだ。他の客の顔になど注意を払わないし、打っている間は隣に誰が来ても気にしない。つまり、平塚と母親が見知らぬ客を装い、隣り合って座り、手元で現金のやりとりをしても、誰も気付かないということだ。

「来たぞ」

一馬が短い言葉で神宮に注意を促す。

キャップを目深に被った平塚が、顔を隠すためにか、猫背気味《ねこぜぎみ》に歩き、店の前に姿を現した。相当、警戒しているらしく、周囲を何度も見回し、なかなか店に入ろうとはしない。

できれば騒ぎを最小限に留めたい。平塚がおとなしく言うことを聞けばいいが、もし、暴れて逃げようとしたときのことを考えると、本条の手が必要になる。

「裏口に追い込んで、挟《はさ》み撃《う》ちにしたいんだけどな」

「だったら、俺が囮《おとり》になろう」

神宮が即座に申し出る。神宮のことだ。何も策《さく》がなければ、こんなことは言い出さない。

「どうするつもりだ？」

「俺がこれ見よがしに刑事風を吹かせて、正面から入っていけばどうだ？　裏口に逃げるしかないだろう？」

神宮は冷静に逃亡者の心理を読んでいた。警察から逃げるしかない人間の行動パターンを予想するのは、さほど難しいことではなかった。

「一人で大丈夫か？　お前のほうに向かって行ったらどうするんだ？」

「その辺は任せておけ。俺は勝算もなしに動かない」

ここまで自信たっぷりに言うのだ。神宮に任せて大丈夫だろう。一馬はわかったと頷いてから、先に店内に入った。

日曜の午後、店内はそれなりに混み合っていて、一馬は空いている台を探す振りで、母親の居場所を確認する。

母親は入り口から一番離れた通路の奥まったところにある台の前に座っていた。パチンコ店に入るのが初めてなのか、玉を打つこともなく、所在なげにしている。

一馬はさりげなく同じ列の端に座った。ここにいれば、平塚が母親に近づくとき、後ろから身柄を押さえられるし、そのまま裏口まで引っ張って行きやすい。

一馬の視界の端に、近づいてくる平塚の姿が映った。ここまで来ておきながら、いつまでも店の前でためらっていてもどうにもならないと覚悟を決めたのだろう。どうしても、逃亡資金が必要なのだ。

平塚が一馬の後ろを通り過ぎた瞬間だ。一馬は立ち上がり、素早く平塚の右手を掴んだ。

「わかってるな？」

背後から囁きかけ、騒ぎを起こすなどというふうに、握《にぎ》った手に力を込める。

一馬は一人だ。力尽くで腕を振り解《ほど》いて逃げようとすれば、一馬からは逃げられたかもしれない。それでも、平塚は身動きしなかった。本来、気の小さな男なのだろう。警察に見つかった時点で、もう逃げられないと覚悟を決めていたようだ。

項垂れて肩を落とす平塚の背中を押し、一馬は裏口に向かって歩き出す。あえて、母親の姿は見ないようにした。

4

一馬《かずま》たちが再び旅館にやってきたのは、午後六時前だった。

「お疲れさまでした。ご夕食は何時になさいますか？」

部屋に通された後、仲居が尋ねてくる。高級旅館だけあって、食事も部屋でとることになっていた。

「七時にしてもらおうか？　その前に風呂に行こうぜ」

「そうだな。せっかくの温泉だ。先に一汗《ひとあせ》、流してこよう」

神宮《じんぐう》も同意して、仲居にその旨《むね》を告げる。

「それでは七時で承《うけたまわ》りました。ごゆっくりどうぞ」

仲居が頭を下げて、部屋から出て行くと、一馬は大きく伸びをしながら、そのまま畳の上に寝転がる。

「しかし、いい部屋だな」

寝そべったまま室内を見回し、一馬は感心して感想を口にする。

一馬が今いる部屋は八畳の広さがある上に、隣にもう一部屋あり、そこが寝室になるようだ。床の間《とこのま》があったり、部屋に入るまでに三和土《たたき》があったり、窓のそばには縁側《えんがわ》があったりと、全体的にゆったりとした造りになっている。

「今度、改めて、お前がご両親を旅行に招待してやれよ」

「なんで？」

「なんでってなぁ……」

神宮が呆《あき》れたように溜息《ためいき》を吐《つ》く。

「せっかく楽しみにしていた旅行にも行けず、代理で出席してもらうからと、こんな立派な旅館もキャンセルせずに使わせてくれてるんだ」

「意外だな。お前がそういうこと言うなんて。親孝行なんて全然、無縁《むえん》そうなのに」

一馬は正直に感想を伝える。日頃がクールだから、親子関係もそんなふうだと勝手に思い込んでいたのだ。

「俺は性癖《せいへき》で親不孝してる分、他は真面目《まじめ》に親孝行に励んでるんだ」

神宮は特別、気負ったふうもなく、当然のことをしているだけだというふうに答える。

「マジで？」

「何かの記念日には、プレゼントを贈ってる」

想像もしていなかった事実を告げられ、一馬は驚《おどろ》きで言葉を失う。

一馬が両親に贈り物をしたのは、警察官《けいさつかん》になって初めての給料をもらったときが最後だ。それ以前も、学校行事で母の日や父の日に、ほぼ強制的にさせられていたときを除けば、自主的に何かをした覚えはない。だから、神宮から淡々《たんたん》とそんなことを言われると、自分がひどい親不孝をしているように思える。

「こんな話をするのは初めてだな」

神宮とは長い付き合いになってきたが、家族の話などほとんどしたことがない。現に、一馬は神宮の両親が何をしているのかも知らないし、そもそも家族構成すら聞いたことがなかった。もっとも、それは神宮も同じだ。一馬も話した覚えはなかった。

「普段は何かと慌《あわ》ただしいからな。こんな話をするより他にもっと大事なことがある」

神宮の思わせぶりな視線が一馬に絡《から》みつく。言葉以上に雄弁《ゆうべん》な瞳《ひとみ》が語らんとすることは、一馬にはすぐにわかった。

「同感だ。けど、その前に風呂だな」

一馬はニヤリと笑って立ち上がった。

捜査《そうさ》に参加したといっても、張り込みを手伝った程度だ。汗もさほどかいていないのだが、久しぶりの大きな風呂には惹《ひ》かれる。昨日の雪辱戦《せつじょくせん》はその後でも遅くはない。

一馬と神宮は着替えに旅館の浴衣《ゆかた》を持ち、大浴場へと向かった。ちょうど食事時だからだろう。利用客は少なく、脱衣所《だついじょ》では二人きりだった。先客がいるのは、脱衣籠《だついかご》の形跡《けいせき》でわかる。隣り合った籠を使用していることから、おそらく連れだろう。

男同士で隠《かく》す必要もなく、一馬は勢いよく服を脱ぎ捨てると、

「先に行ってるぞ」

神宮にそう言い置いて、温泉を目指した。

扉《とびら》を開けると、そこには絵に描いたような温泉が広がっていた。旅館自体がそれほど大きくはないから、客の数に合わせて、浴槽《よくそう》もさほど大きくない。だが、その分、高級感が漂《ただよ》っていた。おそらく檜《ひのき》の浴槽に、洗い場にある洗い桶も椅子も全て木製だ。全面ガラス窓になった外には日本庭園風の木々が茂《しげ》る中、露天風呂《ろてんぶろ》が設《しつら》えられている。

先客たちは露天風呂にいた。だから、一馬はまず屋内の湯船に浸《つ》かった。

「落ち着いていて、いい雰囲気《ふんいき》じゃないか」

すぐに追いついた神宮が、一馬の隣に体を沈めながら、満足げに呟《つぶや》く。

当然ながら神宮も裸《はだか》だ。だが、湯船に浸かってしまったため、目にしたのは一瞬だった。残念だが、他に客もいるのに、ここでその気になるわけにはいかない。

「温泉なんて、いつ以来だろうな」

湯に浸かった瞬間、唸《うな》り声を上げたくなるほどの心地よさがあった。一馬はうっとりと目を閉じ、しみじみと呟く。

「京都で入っただろ?」

覚えていないのかと神宮が指摘する。記憶から消そうとしていた事実を思い出し、一馬は露《ろ》骨《こつ》に嫌《いや》な顔をした。

以前、研修で京都に行ったとき、追いかけてきた神宮と温泉旅館に一泊し、そこで神宮の策《さく》略《りゃく》にはまり、抱かれてしまったのだ。

「俺は広い湯船の温泉が久しぶりだって言いたかったんだよ」

ムッとして言い方を変えてみた一馬だが、返ってきた神宮の答えに驚かされる。

「それなら、俺は高校の修学旅行以来だ」

「マジで？」

神宮がこんなことで嘘《うそ》を吐く意味がないと思いつつも、問わずにはいられなかった。旅行に全く興味のない一馬でも、二、三年前に何かのついでだったが、健康ランドの温泉に入った記憶があった。

「そもそも、風呂なんて汚《よご》れを落とすためのものだろう。どうして、大勢で入らなければならないんだ？　俺はそれが理解できない」

神宮は憮然《ぶぜん》として答えた。潔癖《けっぺき》なところがある神宮らしい理由だ。

「あれ？　だったら今は？」

「お前が行くと言わなければ、俺は部屋で済ますつもりだった」

「お前、そんなに付き合いのいい奴だったっけ？」

一馬は首を傾《かし》げつつ問いかける。北海道行きは夜の楽しみがあるから一緒に来たのだとわかるが、他の客もいる風呂場では何もできないのだし、神宮の性格なら一人で行ってこいと言いそうなものだ。

「お前が他の男に裸を見せるのに、放っておけるわけないだろう」

「馬鹿じゃねえの」

　ブッと吹き出《ふ　だ》し、声を上げて笑った一馬だったが、予想外に神宮の真剣な表情に気付いて笑いを引っ込める。

「もしかして、本気で言ってる？」

「だから、ついてきたんだ」

　神宮は全く笑みを見せずに、淡々と答える。

「そこまで嫉妬《しっと》するかね」

　まだ外の露天風呂にいるとはいえ、思いの外《ほか》、声が響くことから、一馬は他の客を気にしつつ、小声で呟いた。だんだんと人に聞かせられない会話になってきている。

「俺の嫉妬深さは知ってるんじゃなかったか？」

「知ってたけどな」

　元がノンケの一馬には、どうにも男に嫉妬する感情が理解できない。だから、神宮の嫉妬深さを目の当《まあ》たりにしても、すぐに忘れてしまう。男が男風呂に入るのは当たり前のことで、

「えーっと、とりあえず、前でも隠したほうがいいのか？」

　付き合っているのだから、一応は恋人の願いを聞き入れたほうがいいのかと、一馬は尋ねた。ことさら、機嫌《きげん》を取る必要はないが、せっかくの旅行だ。神宮の機嫌が悪いよりはいいほうが、

一馬も気分がいい。

「必要ない。その分、俺が目を光らせているからな」

「あ、そう」

どこまでも真顔で答える神宮に、一馬は呆れつつもその申し出を拒《こば》もうとはしなかった。


久しぶりの温泉を満喫《まんきつ》して、神宮と連れだって風呂から上がると、何故《なぜ》か、吉見《よしみ》と本条《ほんじょう》が男湯の暖簾《のれん》の前で待っていた。

「お前、何やってんだ？　あいつはどうした？」

一馬は声を潜《ひそ》めた上で、具体的なことはぼかして問いかける。

吉見たちとは、平塚《ひらつか》の身柄《みがら》を確保した直後に別れた。一馬は休暇中《きゅうかちゅう》だから、その後の面倒には付き合わなくてもいい。だから、早々に平塚を吉見に押しつけ、神宮とともに旅館へと戻ったのだ。

「道警《どうけい》に預けてきました」

答える吉見には、欠片《かけら》も悪びれた様子はない。

「そりゃ、預けるのは預けるだろうけど、預けっぱなしはまずいだろ」

「どうしてです？」

「どうしてって……」

吉見にどう説明しようかと頭を捻《ひね》る一馬に、本条が声を挟《はさ》む。

「無駄《むだ》だ。俺も一応は話してみた」

「だって、早く先輩のところに来たかったんですよ。取り調べはどうせ本庁に戻ってからするんだし、二度手間じゃないですか」

理由付けだけは上手《うま》い吉見は、何を置いても一馬を優先するのだと堂々と言い切った。これでは本条も説得を諦《あきら》めるはずだ。おそらく道警相手にも、この調子で相手のやる気をそいだに違いない。

「今日は北海道最後の夜ですよ。犯人《はんにん》も捕まえたことだし、慰労会《いろうかい》をしましょう」

「慰労会？」

「すまん。俺たちもここに泊まることになった。食事は俺たちの部屋で一緒にとると、吉見警部がもう旅館側に話してあるんだ」

本条が申し訳なさそうに事情を説明する。警察の経費では落ちそうにないが、吉見はともかく、付き合わされた本条は大丈夫なのだろうか。他人事ながら、刑事の薄給はよく知っているだけに心配になる。

「それで、大浴場の前で出待ちですか？」

神宮が冷めた目と冷たい口調で、本条に問いかける。吉見に言わないのは、それだけ腹を立ている証拠《しょうこ》だ。

「行き違いになると困るでしょう?」

「いや、そうじゃなくて……」

思わず、神宮の代わりに否定してしまうくらい、吉見の返答は的外《まとはず》れだった。こんなふうだから、神宮もできるだけ吉見と話そうとしないのだ。

「まあいい。頼んじまったもんは仕方ない。メシにしよう。楽しみにしてたんだよ」

一馬はその場を仕切り直すように言った。神宮が怒っているのはわかっているが、最初に捜査協力を拒まなかったのは一馬自身だ。そのときから、こうなることは予感できていたのに、目の前の捜査につい引き寄せられてしまった。

「今日こそは北海道の美味いものを食うぞってな。お前だって、そうだろ?」

なんとか神宮の気を取りなそうと、一馬はことさら明るい口調で同意を求める。こっちに来てからというもの、ろくに名産らしいものを食べていなかった。

「そうだな」

神宮が短く答えたのは、本心で同意したのではなく、ただ大人の対応をしただけだ。それを証明するように、神宮の目は一切、笑っていなかった。

嬉《うれ》しそうに歩き出した吉見を先頭に、その後を本条が、一馬と神宮が並んで続く。

「後で……、わかってるだろうな?」

一馬にだけ聞こえるような小声で、神宮が睨《にら》みを利《き》かせつつ、思わせぶりなことを言ってきた。もちろん、わかってはいるが、すぐ前を歩いている本条に聞かれてしまわないかが、一馬は気になった。

「わかったわかった」

いかにも適当な返事ではあったが、神宮はそれで納得したのか、それ以上は、そのことについては何も言ってこなかった。

吉見たちの宿泊する部屋に着いたのは、夕食に指定していた午後七時のほんの五分前だった。既《すで》に仲居たちが料理を運び込んでいる姿が、一馬たちの視界に映る。

「ちょうどいいタイミングだったな」

待たされるのも嫌だが、食事が早く来すぎて冷めてしまうのももったいない。まさに一馬の望むタイミングだ。

部屋に入り、一馬と神宮が隣り合って座り、一馬の向かいに吉見が、その隣に本条が座った。それとほぼ同時に最初の配膳《はいぜん》が終わる。

「お、頼んでおいてくれたんだな」

一馬の視線が、テーブルの上の瓶《びん》ビールに注《そそ》がれる。酒は後で注文しようと、一馬は考えていたのだが、吉見の登場ですっかり忘れていた。

「宴会《えんかい》に酒は必須《ひっす》ですからね」

得意げに答える吉見は、そう言いながらもほとんど酒は飲めない。コップ一杯のビールで顔を真っ赤にするレベルだ。

「気が利くじゃないか。少しは成長したな」

軽い嫌みを交えて言ったのだが、吉見はそれには全く気付かず、嬉しそうに満面《まんめん》の笑みを浮かべる。そして、笑顔のまま、全員のグラスにビールを注いでいった。

「それじゃ、お疲れさまでした」

何故か、吉見の合図で乾杯《かんぱい》をする羽目《はめ》になったものの、大人げなく拒むのもおかしい。神宮もそう思ったのか、四人は素直にグラスを合わせた。

「それはそうと、帰らなくてよかったのか？　充分、今日のフライトには間に合っただろ？」

もう他の人間に聞かれる心配はなくなったと、一馬は気になっていたことを尋ねた。

「護送《ごそう》の準備があるんですよ。そんな簡単にはいかないんです」

そんなことも知らないのかと、吉見が得意げに答える。一馬は所轄《しょかつ》の刑事で、他県から容疑《ようぎ》者《しゃ》を護送する役目を担《にな》ったことはなかった。

「ついでに俺たちが護送して帰ることになったんだよ。だから、帰るのも明日でいいと言われてる。まあ、こんなとこに泊まってるのは吉見警部の暴走《ぼうそう》だけどな」

「だって、せっかく先輩がいるのに、どうせなら一緒に泊まりたいじゃないですか」

代わりに答えた本条に対し、責められていると感じたのか、吉見が若干《じゃっかん》、拗《す》ねたように唇《くちびる》を

尖《とが》らせて答える。

「そんなことより、飲みましょう。祝勝会《しゅくしょうかい》ですよ」

「なんの祝勝会だよ」

「無事に容疑者の身柄が確保できたことにです」

だから、飲んでいいのだと、喜々として一馬に酒を勧めてくる。一馬は仕方なく、今、入っている分を飲み干してから、改めて、吉見にグラスを突き出す。

「だったら、お前も飲め」

人に注ぐばかりの吉見に、神宮が澄《す》ました顔でビール瓶を突きだした。

「俺はあんまり強くないですから」

吉見は情けない声で断ろうとする。けれど、神宮はそれを許さなかった。

「俺の酒が飲めないって？」

眼鏡《めがね》の奥の目を細め、ジロリと吉見を睨み付ける。元々が冷たい印象の強い神宮の顔が、そうすることで、ますます冷淡《れいたん》さを強め、吉見はどうしたらいいのかと一馬に縋《すが》るような視線を向けてきた。

「お前は質《たち》の悪い上司かよ」

一馬は冗談《じょうだん》っぽく神宮を窘《たしな》めると、

「まあ、でも、せっかくの祝《いわ》いの席なんだろ？　ビールじゃなくても、他の酒はどうだ？」

部屋に備え付けられていたルームサービスのメニューを手にとって言った。

「飲みやすい甘いカクテルも頼めばバーから届けてくれるそうだ。お前、ビールも日本酒も苦手だろ？」

「先輩、俺の好みを覚えててくれたんですね」

感激した吉見が瞳を潤《うる》ませ見つめてくる。

「まあな。これなんかいいんじゃないか」

一馬は適当に返事を濁《にご》しつつ、勝手にカクテルを選んで、部屋の電話を使って注文した。

優しい先輩の顔で吉見を感激させているが、これは全て神宮との計画のうちだった。大浴場からここに来るまでの間に、どうやって早く自室に戻るかの相談をしていた。吉見が前を歩いている中、短い時間での打ち合わせだったから、結局、もっとも手っ取り早い酔《よ》い潰《つぶ》すという手段を選んだのだ。

一馬が頼んだ酒は、口当たりはいいものの、度数が強いカクテルだ。酒に弱い吉見なら、二杯も飲めば潰れるに違いない。だから、一馬は最初から二度手間にならないよう、二杯のカクテルを頼んでおいた。

一馬の勧めた酒なのと飲みやすさもあって、吉見は届けられたカクテルを立て続けに飲み干《ほ》した。

「美味《おい》しいですぅ」

既に呂律《ろれつ》の怪《あや》しくなった吉見が、自らおかわりを注文するため、電話を持ち上げる。その様子を見ながら、一馬と神宮はこっそりと目配《めくば》せした。

そして、三杯目のカクテルが届いたときには、吉見は既に仰向《あおむ》けになって寝息を立てていた。

「それじゃ、これは俺がもらうわ」

残してはもったいないと、注文の主がいなくなったカクテルに、一馬が手を伸ばす。

「邪魔《じゃま》だったんだろうけど、ここまでするかね」

ほぼ黙ったままで食事をしながらなりゆきを見ていた本条が、酔い潰れて寝転がる吉見を横目に苦笑《にがわら》いで言った。どうやら、一馬と神宮が意図的に吉見を酔い潰したことに気付いていたらしい。

「口で言っても聞かないから、実力行使しただけですよ」

神宮が澄まして答え、もう何杯目かのグラスに口を付ける。たった二杯で酔い潰れた吉見と違い、一馬も神宮もざると言っていいほど、酒には強い。

「話が通じないのはわかるが、お偉《えら》いさんの息子だぞ。大丈夫か?」

「それは問題ありません。見てのとおり、河東《かわとう》に惚《ほ》れ込んでますから」

「だから、余計に腹が立つってか」

神宮の冷たい口ぶりに、本条がクッと喉《のど》を鳴らして笑う。

「吉見はこの程度で済んでラッキーですよ。コイツが本気で嫌がらせをすれば、とんでもない目に遭《あ》わされますからね」

軽口を言う一馬を、神宮が冷《さ》めた目で睨む。

「それはそうと、吉見は捜査一課でちゃんとやれてるんですか？　本人は問題ないって言ってたけど……」

「本人はそう言うだろうな。周りはかなり振り回されてるが」

「やっぱり」

思っていたとおりだと、一馬は顔を顰《しか》める。かつての多摩川西署《たまがわにししょ》の状況を思い返せば、容易《ようい》に想像がつくことだった。

「だが、刑事らしくないところで、思いがけないヒントが得られることもある」

「そうでしたっけ？」

吉見のどこにそんな要素があったかと、一馬は首を傾げる。

「ごくごく、たまにだけどな」

「それはただの偶然って言うんですよ」

一馬に容赦《ようしゃ》なく切り捨てられ、本条はおかしそうに笑った。自分でも無理のある説明だと思ったのかも知れない。もしかしたら、本条なりに吉見をどうにか刑事らしくするため、日々、努力していて、つい庇《かば》うようなことを言ってしまったのだろうか。

「ま、一番の利点は上司からの防波堤《ぼうはてい》になってくれるってことだ。あれはありがたい。そういう点では、俺だけじゃなく、他の奴らも世話になってる」

「確かに、その恩恵《おんけい》には俺も何度かあずかってますね」

警視庁内探《けいしちょうない》しても、一馬ほど吉見家に目をかけてもらっている刑事はいないだろう。それを充分に理解した上で、一馬は使えるときには遠慮《えんりょ》なく吉見家の力を利用していた。

「普通なら親の権力なんて使えないし、名前を出すことすら嫌がりそうなもんだけど、こいつは全く気にしていない。ある意味、凄い男だよ」

本条が心底、感心したように言った。それは一馬も感じたことがある。一馬は平凡《へいぼん》なサラリーマン家庭で育ったから、親と同じ世界で働いていないし、親の名前で相手が怯《ひる》むような経験もしたことはない。

だが、吉見は生まれたときから、そういう環境《かんきょう》だったのだ。他人ではわからない気苦労もあるはずなのに、吉見自身、全くそれを気にせずに生きていけるのは、凄い才能だと言えるのかもしれない。

「だから、憎《にく》みきれないというか、こういう男は得だよ。きっと、どこでもやっていけるだろう」

吉見の寝顔を見ながら、本条がしみじみと呟く。

「同感ですね」

一馬が同意している横で、神宮も納得したふうに頷《うなず》く。

基本的には吉見のことなど、全く気にしていないのだが、仮にも刑事の第一歩を踏ませてやった相手だ。他の後輩刑事《こうはいけいじ》に比べれば、少しは情がある。だから、こうして、本条のように吉見を気に掛けてくれる相手がそばにいるのは安心できた。しかも、本条なら、刑事としてのいい見本になるだろう。

「さてと、食うもんも食ったんなら、戻っていいぞ」

本条がもういいだろうとお開きの言葉を口にする。祝勝会を言い出した当人が酔い潰れているのだ。いつまでもこの部屋で飲み続けている理由はなかった。

「任せちゃっていいっすか？」

「今回のことで世話になったからな。こいつの世話くらいはしておくさ」

「それじゃ、頼みます」

こういうときの神宮の引《ひ》き際《ぎわ》の早さには感心させられる。一馬を差し置いて、本条にそう言うと、もう腰を上げていた。

「じゃあまた、東京で」

「ああ。東京でな」

一馬の言葉を本条は否定せずに受け止めた。

同じ旅館に宿泊するのだから、明日の朝も会おうと思えば会うことは可能だ。だが、もう会わないと一馬が今から決めているのは、これ以上、神宮の機嫌を損ねないためだった。仕事抜きの初めての旅行を楽しみたいからはもちろん、後で神宮が何かを仕掛けてくるのではないかと警戒《けいかい》して過ごしたくはなかった。

吉見たちの部屋は、一馬と神宮の部屋と隣だった。だから、すぐに二人きりになれた。

「なんか、悪かったな」

前を歩いていたから、今もまだ背中を見せている神宮に、一馬はまず謝った。

「悪いとは思ってるんだな？」

「そりゃまあ……」

一馬は頭を掻《か》く。そもそも、北海道に誘《さそ》ったのは一馬だ。神宮には有休まで取らせたのに、結婚式に出ている間は一人にさせ、今日は捜査に付き合わせてしまった。観光には興味がないと言っていたものの、これでは東京にいるときと同じだ。

「だったら、そのお詫《わ》びに、俺が望む楽しい休日を過ごさせてもらおうか」

振り返った神宮がニヤリと笑って、一馬に手を伸ばして来る。肩に触れた手が何を狙《ねら》っているのか、考えるまでもなかった。

「昨日もさんざん好き勝手したくせに何言ってやがる」

一馬は嫌な顔で神宮の手を振り払う。自分から仕掛ける分にはいいが、また神宮のペースに乗せられたくはない。

「昨日は昨日だ。今日の穴埋《あなう》めになると思うのか？」

「お前が穴埋めと思わないのはわかってる」

「だったら、いいよな？」

　神宮はそう言って、二間続きの部屋の襖《ふすま》を開けた。

　一馬たちが風呂に行っている間に、準備されていたのだろう。既に二組の布団《ふとん》が並べて敷《し》かれている。さすがに布団と布団の間は離れているが、こういう状況で見るとその空間さえも意《い》味深《みしん》に感じてしまう。

「いい加減に覚悟を決めろ」

　並んだ二つの布団を背景にして、一馬に詰《つ》め寄ってくる神宮がおかしくて、一馬はつい声を上げて笑う。

「今のお前、時代劇《じだいげき》の悪代官《あくだいかん》みたいだったぞ」

「なんとでも言え。俺はお前を抱けるのなら、誰に何を言われても構わない」

　神宮の顔は真剣そのものだ。決して、冗談で言っているのでも、口説《くど》き文句を口にしているのでもなく、神宮の本心だと、その表情が教えてくれていた。

「よくそんなことが言えるよな」

　若干の気恥ずかしさが、一馬を苦笑いさせる。ただ、クールな神宮にここまで言わせるのは、正直、気分がよかった。他の誰に言われても、きっとこんな気持ちにはならない。

「ま、悪いと思ってるのは本当だから、その分、気持ちよくさせてやるよ」

一馬は自分から神宮に迫《せま》った。

神宮と抱き合うだけなら問題は何もない。過去のどの女性と抱き合ったときよりも、神宮を相手にするときが一番、興奮《こうふん》する。最終的に一馬が受ける側になりさえしなければ、この布団を有効活用することに異論はなかった。

「何をしてくれるんだ?」

楽しそうに問いかけてくる神宮とともに、布団の上に移動する。

「久しぶりに口でしてやろうか?」

一馬は自らの口に手を近づけ、思わせぶりに唇を親指でなぞる。

元々がゲイの神宮とは違い、ノンケの一馬が男のものを口に咥《くわ》えることは、当初、かなり抵抗があった。今でも神宮でなければ、絶対にしたくないし、するつもりもないが、神宮ならしてやりたいと思えるのが不思議だ。

窓に近いほうの布団に向き合って座ってから、

「お前、今日は機嫌がいいな」

まじまじと一馬の顔を見ながら神宮が呟く。

「そうか? 昨日までだって悪くはなかっただろ?」

実感の湧《わ》かない一馬は首を傾げる。

「言い換えよう。捜査をした後だから、充実感が顔に出てるんだ。やっぱりお前には休暇は必要ないみたいだな。昨日より今日のほうが遙《はる》かに生き生きとしている」

もっともらしい神宮の説明に、一馬はそういうことかと納得した。基本的に一馬はじっとしているのが嫌いだ。常に動き回っていないと落ち着かない。それが捜査のためなら、なおさらいい。つまりは捜査をしていない日常は、一馬には物足りないということだ。

「お前だって、似たようなもんだったと思うけどな」

「俺はただ引っ張り回されただけだ。自分の仕事をしたわけじゃない」

ほんの僅《わず》か、神宮の声には不満の響きがあった。

尾行や張り込みは刑事の仕事で科捜研《かそうけん》の仕事ではない。もし、ここに科捜研所員としての神宮の腕を振るえる事件が起きていたなら、きっと神宮の吉見への当たりも少しは柔らかくなっていたに違いない。それくらい、神宮も一馬に負けず劣《おと》らず仕事人間なのだ。

「じゃあ、その不満を解消してやるよ」

一馬は神宮の帯に手を掛けた。

「浴衣は脱がせやすくていいな」

一馬がほんの少し力を入れて引っ張っただけで、腰紐《こしひも》は簡単に解《ほど》けた。風呂上がりなこともあって、中は下着が一枚だけで、はだけた合わせの間から、神宮の肌が覗《のぞ》く。

見慣れたはずの光景も、状況が違うと新鮮《しんせん》に見えて興奮する。一馬は思わず生唾《なまつば》を飲み込み、その肌に手を伸ばした。

「お前にリードする権利があると思ってるのか?」

「まだ、それを言うか」

せっかくその気になってきたのに、水を差されて一馬は顔を顰める。

「さっき、俺に悪いと言わなかったか?」

「だから、サービスしようとしてるんだろ」

「そこまで言うなら、やってもらおうか」

神宮が偉そうに言って、一馬の前に長い足を投げ出した。

求められているのは、口での愛撫《あいぶ》だ。普段は、あまり一馬からすることはない。拒んでいるわけではなく、神宮が常に先に仕掛けてくるからだ。

一馬は神宮の足の間に座り、背を屈《かが》めた。目の前にある神宮の下着をずらし、まだ萎《な》えたそれに口を近づける。

「……っ……」

神宮が軽く息を詰める。できるなら神宮がどんな表情をしているのか見てみたいのだが、この体勢では叶《かな》わない。

神宮のものを口に咥《くわ》え、ゆっくりと唇で扱《しご》き始める。

嫌悪感はもはやなかった。ただ神宮を感じさせてやりたいだけだ。それに反応してもらえると、いっそ愛おしいとさえ感じるようになってくる。

一馬の口の中で、神宮が徐々に形を変えていく。気をよくして、屹立《きつりつ》の左右にある膨《ふく》らみも手で揉《も》み始めた。

頭上で神宮の熱い息遣いが聞こえてくる。一馬はこのままイカせるつもりで、頭を激しく上下させた。

「もういい」

ギリギリで神宮が一馬の肩を摑《つか》み、動きを止める。

「いっそ、イケよ」

一馬は顔を上げ、射精《しゃせい》を促《うなが》す。出したものを飲むのは御免《ごめん》だが、イカせてやりたいとは思っていた。

「どうせイクなら、お前の中でイキたい」

「それは無理だって言ってんだろ」

「今日のお前が言える立場か？」

わかっているだろうと、神宮が詰め寄ってくる。

旅行中に自ら進んで捜査に参加した一馬が悪いのは百も承知だ。だから、いつもなら一蹴《いっしゅう》できることでも、今は反論できない。それでも、他の方法で神宮を丸め込めないかと、一馬は頭を働かせる。

「だったら、これは？」

一馬が代替案を思いつく前に、神宮がさっき解かれたばかりの腰紐を持ち上げた。

「誰がそんなことを認めるかよ。縛《しば》られたりしたら、お前の思うつぼじゃねえか」

両手の自由を奪《うば》われては、さすがの一馬でも抵抗しきれない。そんな危険な状況に自ら飛び込むつもりはさらさらなかった。

「足か？」

「話を聞け。誰も手を縛るとは言ってない」

足を縛られた場合の対処《たいしょ》を考えつつ、一馬は確認する。

「いや、目だ」

「目？」

予想外の答えが返ってきた。そんなことをする必要性が感じられず、一馬は首を傾げる。

「目隠しをして、お前が感じなければ、それ以上は何もしない。それでどうだ？」

「どう考えたって、俺に不利じゃねえかよ」

目隠しをして闘《たたか》い、相手を倒すというなら話は別だが、一馬の体を知り尽くした神宮に触られるというのに、さらに視界を封じられ、何をされるかわからず身構えもできないのでは、勝ち目がない。勝算のない勝負をするほど、一馬は馬鹿ではなかった。

「前も後ろも触らないと言ったら？」

神宮の提案の胡散臭《うさんくさ》さに、一馬は探るような視線を向ける。

「本気で言ってんのか？」

「ああ。俺はそれでもお前をイカせる自信がある」

「俺も随分《ずいぶん》と舐《な》められたもんだな」

早いと思われては一馬のプライドが許さない。肌を撫《な》で回されるくらいなら感じることはあっても、達するまではない。この勝負、負けるわけがない。一馬は本気でそう思った。

「いいだろ。その条件、忘れんなよ」

一馬は神宮の手から腰紐を奪い取り、はちまきをする要領で自らの目を隠すようにして、頭の後ろで縛った。

馬鹿正直に完全に視界を塞《ふさ》いだせいで、言い様のない頼りなさが一馬を襲《おそ》う。聴覚《ちょうかく》も嗅覚《きゅうかく》も、もちろん触覚《しょっかく》も生きているのに、ただ視覚《しかく》がなくなっただけで、こんなに不安を感じるものだとは知らなかった。

この部屋にいるのは、一馬と神宮だけだ。神宮が一馬に危害を加えることはないのに、自分でも驚くほどの緊張感《きんちょうかん》が押し寄せていた。

「ふ……」

神宮の手に首筋《くびすじ》をなぞられ、小さな息が漏《も》れる。

神宮が触っているところは見えていないから、一馬の手でなければ神宮のものでしかない。そんなふうに視覚を想像で補うしかなかった。

今度は一馬の腰紐が外され、布団の上に押し倒される。浴衣は左右に割り広げられ、一瞬で、肌を覆《おお》うものは下着だけになってしまった。それも肌に触れる空気でわかるだけだ。

「……っ……」

胸の尖《とが》りを擦《こす》られ、ビクリと腰が撥《は》ねる。わかっていれば身構えられたのに、そうでないから、余計に過敏《かびん》になっているようだ。いつも以上に感じてしまう。

「今、どんなになっているか知りたいか？」

「余計なお世話だ」

「遠慮《えんりょ》するな」

神宮がそう言った後、一馬の下着がずらされた。

「おい、そこは触らないって約束だろ」

「触ってるか？　見てるだけだ」

確かに、神宮の手は大事な場所には触れていない。だから、足から下着が引き抜かれるのを制止することはできなかった。

「たったこれだけで、もう反応し始めてるぞ。決着は早く着きそうだな」

「イカなきゃいいんだろ？　無駄口叩《たた》いてないで、早くしろよ」

おそらく言葉で責めて辱《はずかし》め、時間をかけて焦《じ》らすのも、神宮の作戦なのだろう。神宮らしいやり口だ。

「待ちきれないって?」

神宮がふっと笑ったのが微《かす》かに吐き出された息でわかった。

胸に置いたままだった手が、ゆっくりと動き始める。小さな尖りを擦りつけているのは、指だろう。まるで肌の中に埋《う》め込もうとしているかのような強さで押しつけながら擦られる。一馬の全神経はその右の胸に集中していた。

「んっ……」

不意の刺激が一馬の腰を跳《は》ね上げる。空《あ》いていた左の胸に濡《ぬ》れた感触が与えられたせいだ。指とは違う柔らかさをもったそれは、まだ埋まっていた尖りを引き出すように、突いてくる。おそらく神宮の舌が乳首を舐めているのだろう。

過去に何度かされたことのある行為でも、今はまるで違ったように感じる。蠢《うごめ》く舌が何か意志を持った生き物みたいに一馬を苛《さいな》んでいた。

「は……ぁ……」

漏れ出る息は熱く、揺れる腰は一馬の快感《かいかん》を訴える。中心に熱が集まり始めるのを一馬も感じずにはいられなかった。

「う……んっ……」

神宮の手が一馬の腰骨を撫でながら降りていく。ひどく優しい手つきが、もどかしさを覚える。

このままいけば、いつもなら股間か後孔か、どちらかに向かうはずだった。けれど、神宮はどちらにも触れることなく、太腿《ふともも》へと手を移動させた。

「お前、何やってんだよ」

一馬がつい尋ねずにいられなかったのは、神宮が右足を持ち上げたからだ。膝《ひざ》の裏に手を添え、膝が腹に付くように折り曲げた。

「何って、見てるだけだ。触ってはいない」

当然の権利を主張する神宮に、一馬は言葉に詰まる。最初にここまで想像できなかったのは、明らかに一馬の失態だ。これまでの神宮の手口を考えれば、ただ目隠しされて、ちょっと触られる程度で済むはずがなかった。

「ちょっ……」

太腿の内側を舐められ、一馬はつい制止しようと手を伸ばす。

「なんだ、降参《こうさん》か？」

「誰がだよ。ただ俺は……」

「自分で扱《しご》こうとでも思ったか？　もうこんなになってるしな」

いつもなら神宮はここで屹立を指で弾《はじ》いたりする。だが、触らないという条件に従い、言葉で教えるだけだった。

見てはいないが、自分の体のことだ。完全に勃《た》ち上がっていることは、言われなくてもわかっていた。

「相変わらず、感度のいい体だな」

揶揄《やゆ》するというより、感心したような神宮の口ぶりが、一馬に羞恥《しゅうち》を覚えさせる。男として、決して嬉しい褒《ほ》め言葉ではない。

「ここも……、感じるだろ？」

神宮がそう言いながら、唇を膝の裏へと移動させる。

足が性感帯《せいかんたい》のはずがない。それなのに、神宮の言うとおり、口づけられた場所から熱が広がっていった。

「お前が感じやすいのか、俺が上手いのか、どっちだろうな」

「知るかっ……」

神宮の挑発《ちょうはつ》に煽《あお》られ、反撃《はんげき》の声を上げた瞬間、一馬は背を仰《の》け反《ぞ》らせた。

「お前……何し……ん……」

一馬は狼狽えた声を上げつつ、熱い息を吐き出す。

神宮が膝ではなく、足首を摑んで、大きく開かせるように持ち上げたかと思うと、その親指を口に含《ふく》んだのだ。

これまで何度も神宮とは抱き合ったが、これは初めてだ。あの潔癖な神宮が、足の指を舐めている。それだけで一馬は昂ぶり、屹立が先走りを零《こぼ》し始める。

神宮はわざと音を立てて、丹念《たんねん》に指を舐めていく。それはまるで屹立を愛撫しているかのような丁寧《ていねい》さだ。

「お前のあそこがすごいことになってるぞ」

神宮が一度、口を離して状況を伝えてくる。神宮がどこを見ているのか、その言葉が簡単に一馬に教えていた。

「ほっ……とけ」

「もうそろそろやばいんじゃないのか?」

「お前こそ、いろんな手を使ってるけど、もう打つ手がなくなったんだろ」

一馬は冷静さを装《よそお》うことで、気を逸《そ》らそうとした。もう既に限界だった。ほんの少しでも何かされたら、きっと達してしまうだろう。だから、体を鎮《しず》めるために、この無駄話を長引かせたかった。

「さあ、それはどうかな」

神宮の声は完全に楽しんでいた。一馬が反抗《はんこう》すればするほど、神宮はその姿にそそられ、興奮するのだ。

「奥もひくついてるぞ。期待してるんじゃないのか?」

そんなことはないと否定したいのに、奥を見つめる神宮の視線を感じて、何も言えない。言葉を出そうとすれば、それがおかしな声になってしまいそうだった。

自分の視界は完全に塞がれたまま、一方的に見られていることが、たまらなく不安なのに、どうしようもないくらいに感じる。

曝《さら》けだされた後孔に、何かが近づいてくる気配をする。その直後、そこにおそらく息が吹きかけられた。

「あっ……ぁ……」

まさか息が最後の一押しになるとは思ってもみなかった。堪《たま》らず解き放たれた迸《ほとばし》りは、一馬の腹を濡らす。

本当に神宮は前にも後ろにも触らなかった。それでも達してしまった自分自身に、一馬は呆《ぼう》然《ぜん》とした。

「俺の勝ちだな」

「くそっ」

満足げな神宮の声がますます苛立《いらだ》たせ、一馬は腹立ち紛《まぎ》れに布団を殴《なぐ》った。この悔《くや》しさをどこにぶつければいいのか。悪いのは堪えられなかった一馬なのだから、神宮に当たるわけにもいかない。

一馬がまだ目を覆《おお》ったままの腰紐を外そうと手を上げかけると、神宮がその手首を摑んだ。

「もう終わっただろ」

「何を言ってる。今のは前置きだ」

神宮は摑んだ手を離さず、淡々と言い放つ。

「前置き?」

「さっきの賭《かけ》のこと、忘れたわけじゃないだろう?」

「さあ、なんだっけ?」

とぼけた振りをしたが、嫌でも忘れられるはずがない。射精《しゃせい》しなければ一馬の勝ちだった。だが、股間の濡れた感触が、一馬の負けを思い知らせている。

「お前が感じなかったら、これ以上は何もしないという賭だ。勝ったのは俺だから、好きにさせてもらおう」

そう言うと、神宮は一馬の両手を頭の上で一つに縛り上げた。抵抗しようにも、賭に負けた事実が、一馬の動きを鈍《にぶ》らせ、結果、目隠しはそのまま、手の自由まで奪われた。

自分が今、どんな状態なのか。想像は付くが、考えたくはなかった。肩に引っかかった浴衣はシーツのように、裸の一馬の下敷きになっている。体で覆われているのは腰紐の目隠しで覆われた目元だけだ。

「いい眺《なが》めだ」

神宮が満足げに呟く。本当にそう思っているのは、その口ぶりから充分に伝わってくる。一馬からすれば、悪趣味《あくしゅみ》でしかなかった。

「今度はもう我慢しなくてもいいぞ」

自分がそんな仕打ちをしておきながら、神宮は優しい声音《こわね》でそう言った。

「ふ……う……」

放っておかれた中心に、ようやく刺激が与えられ、一馬の口から自然と息が漏れる。待ちかねていた感触に、達したばかりのそこが再び力を取り戻し始める。

神宮は決して急《せ》かさなかった。ゆっくりと柔《やわ》らかく屹立を扱いていく。それが物足りなくて、一馬の腰がもっとと強請《ねだ》って腰が揺れる。

「欲しいのはこっちじゃないって？」

「違……うっ……」

否定の言葉は、襲《おそ》ってきた衝撃《しょうげき》に飲み込まれる。神宮がいきなり一馬の後孔を指で犯《おか》したせいだ。

「昨日もしたっていうのに、もうこんなにきつくなってる」

神宮は中の感触を確かめるように指を動かしながら、その感想を口にする。

煩《うるさ》いと言って神宮を黙《だま》らせたいのに、声を出そうとすれば、そのせいで力が入って、中の指を締め付けてしまう。今は下手《へた》なことをして、これ以上の刺激を受けたくはなかった。

「お前はいつまでたっても慣れないな」

「慣れてたまる……かっ……」

つい声を出さないと決めたことを忘れて怒鳴《どな》ってしまい、一馬は息を詰まらせる。神宮がそれを見越していたのか、一馬が声を出すのと同時に指を動かしたのだ。

「そうだな。お前は慣れないままでいい」

神宮の声には微かに嬉しそうな響《ひび》きが混じっていた。

「ここもな」

「ああっ……」

前立腺《ぜんりつせん》を擦られ、一馬は背を仰け反らせて声を上げる。

一馬の反応に気をよくした神宮が、執拗《しつよう》にそこを責め続けた。

「は……あぁ……ぁ……」

さっきまでのもどかしい快感ではなく、直接的な激しい快感が一馬を苛《さいな》む。一馬の口からはひっきりなしに声が溢《あふ》れ出ていた。

神宮はすぐに指を二本に増やした。圧迫感《あっぱくかん》が弱いのは、昨日も神宮のものを飲み込まされていたからだろう。奥がまだ神宮の形を覚えていた。

常に抜かりのない神宮は、ローションのボトルを持ち込んでいた。それを奥に流し込むように注ぎ足しながら、一馬の奥を濡らし、指の滑りをよくする。

ぐちゅぐちゅと淫猥《いんわい》な音が一馬の耳を犯す。神宮がわざと音を立てて指を出し入れしているせいだ。そうやって辱めることで快感を増幅させようとしているのだろう。

屹立は完全に力を取り戻す。神宮は後ろに沈めた指はそのままに、屹立にも指を絡ませる。

前と後ろを同時に責められ、一馬に二度目の絶頂が近づいてきた。

「も……もうっ……」

早くイキたいと訴える一馬の声に、神宮は神宮なりのやり方で応えた。指を引き抜き、すぐさま一馬の足を抱えて、その間に腰を進めてくる。

一馬が押し返そうと伸ばした手は一つに拘束《こうそく》されていて、思うように動かせない。ただでさえ、今は力が満足に出ない状態なのに、これでは神宮に敵《かな》うはずがなかった。

「ああっ……」

太くて固い塊《かたまり》が一馬を犯していく。押し出された声が室内に響き渡る。

神宮の屹立は、肉壁を擦りながら中を押し広げていく。全身が粟立《あわだ》つような感覚が一馬に襲いかかる。前立腺を突かれるのとはまた違う快感だった。

神宮がゆっくりと腰を使い始める。突き上げられ、ずり上がりそうになる体は、神宮によってがっちりと押さえ込まれ、まともに奥に振動が伝わる。

神宮の熱い息遣いが頭上で聞こえる。神宮も余裕がないことは、体内にある昂ぶりの熱さでわかる。

神宮が腰を使う度、双丘を打ち付ける音に被さって、一馬が上げる声が響く。

エアコンが効いていたはずの室内が、蒸《む》し風呂に入れられたかのように暑い。一馬の全身から噴《ふ》き出した汗が、神宮の肌に馴染《なじ》む。

一馬は縛られた手を中心に伸ばした。すっかり神宮に忘れ去られたそこははち切れんばかりになっていた。

神宮の動きに合わせて、一馬も自ら屹立を扱き始める。早く達したいと、一馬の頭にあるのはそれだけだった。

「出すぞ」

神宮の熱い声が合図となり、激しい突き上げとともに、一馬が先端《せんたん》を強く握《にぎ》り、ようやく射精の瞬間を迎えた。

「う……くぅ……」

一馬は低く呻《うめ》いて迸りを解き放つ。同時に、一馬の中が熱くなる。神宮が中に出したのだと、認めたくないが体が悟《さと》った。

神宮が自身を引き抜き、一緒にどろりとした液体が中から零《こぼ》れ出る感覚に、一馬が顔を顰めたとき、不意に目元が明るくなった。ようやく目隠しが外されたのだ。

「腕も……取れ」

「わかってる」

さんざん声を上げすぎたせいで、掠《かす》れ声になり勢いのない一馬の命令に、神宮がおとなしく従う。

腹の前にあった一馬の手首から、腰紐がするりと外される。一馬はその腕を自分の顔の前に持ってきて、縛られていた手首を確認した。

縛り方が上手かったのか、それとも時間がさほど長くなかったからか、痕《あと》は残っていなかった。長袖《ながそで》を着ても、腕を動かせば、手首くらいは袖から覗く。おかしな趣味があると思われるのは嫌だから、そうならずに済んで安心する。

だが、ほっとしたのも束《つか》の間《ま》だった。

「おいっ……」

腰に触れてきた神宮の手に不穏《ふおん》なものを感じて、一馬は声を上げる。

「俺の好きにしていい約束だ」

神宮は平然とした顔で、一馬の予感が当たっていることを認めた。

一馬はもう二度も射精している。しかも昨日から二日続けて神宮を受け入れさせられた。さすがに鍛《きた》えている一馬でも、これ以上は体力的に厳《きび》しい。

両手も自由になった。いつまでも神宮に付き合っていられるかと、一馬は体を捻《ひね》り、腕を着いて起き上がろうとしたが、

「ちょ……待てっ……」

背後から肩を押され、バランスを崩して、一馬は布団の上で俯《うつぶ》せになってしまった。決して、油断していたわけではないのだが、どうにも力が入らなかった。

すかさず神宮が一馬の腰を摑んで持ち上げる。

四つん這《ば》いになった一馬が身構えるより早く、後孔に再び屹立が押し当てられた。

「ああっ……！」

神宮に中を抉《えぐ》られ、一馬は大ききな声を上げさせられる。

数分前まで入っていたばかりだったせいで、いきなりの挿入《そうにゅう》にも拘《かか》わらず、一馬の声は快感しか伝えてない。

一馬はシーツに顔を埋《うず》める。自らが出す声を少しでも殺すためだ。誰かに聞かれるかどうかではなく、自分自身がその声を聞きたくなかった。

だが、そのせいで腰だけを高く突き上げる格好になる。その姿がどれだけ神宮には扇情的《せんじょうてき》に映るのか。一馬に気付く余裕はなかった。

「う……あぁ……」

今度は最初からペースが速かった。中に神宮が放ったものが残されているせいもあるのか、神宮の動きは激しいのに滑《なめ》らかだった。

既に二度も達しているから、今度はそう簡単にはイケない。快感は押し寄せてくるのに、吐き出せないことが一馬を苦しめていた。

「も……なんとか……しろ……」

さっきのように自分で扱くだけでは、きっと達することはできないだろう。だから、一馬はそうしてしまった神宮に責任を取れと迫った。

「わかった。これでどうだ」

一馬の願いを聞き入れるため、神宮が動きを止めた。そして、改めて一馬の腰を掴んだ手に力を込め、そのまま上半身を自らの胸元へと引き寄せた。

「無茶……だっ……」

繋《つな》がったまま、今度は神宮の膝の上に座らされる格好を取らされた。体勢が変わるときに中を抉られ、一馬は切羽詰《せっぱつ》まった声を上げさせられる。

「これならお前もイケるだろう」

神宮が自信たっぷりに言い放つ。

さっきよりもさらに奥まで屹立を飲み込まされ、一馬の先端から先走りが溢れ出す。悔しいが、神宮の言うとおりだった。

神宮が腰を掴んだ。今度は突き上げるのではなく、腰を持ち上げ、引き落とす。

「はぁ……あっ……」

重力が一馬を追い詰める。さらに、屹立の入ってくる角度が変わったことで、また新たな快感が引き出された。

「また……来た……」

終わりが見えたことが、一馬に安堵《あんど》をもたらす。

神宮がその言葉を聞きつけ、前に手を回して、一馬の先端に軽く爪《つめ》を立てた。

「……っ……」

もはや声もなく、一馬は三度目の解放を迎えた。

神宮にとっては二度目の射精の後、ゆっくりと屹立が引き抜かれる。その間、一馬はされるがままだった。指一本、動かすのも嫌なほど疲《つか》れ切っていた。

「喉《のど》が渇《かわ》いただろ。何か取ってきてやる」

布団に突っ伏《ぷ》したままの一馬に声を掛け、神宮が隣室へと歩いて行った。神宮もまた浴衣を脱がず、羽織《はお》ったままでいたことに、一馬はこのとき初めて気付いた。

「ビールにしてくれ」

一馬は掠れた声で注文をつける。

「まだ飲むのか？」

「あんなの、飲んだうちに入るかよ」

一馬の態度が横柄《おうへい》なのは、また意に沿わず抱かれてしまった、その苛立ちを張本人の神宮にぶつけているからだ。

「それなりに飲んでいたと思うがな」

神宮はそう言いながらも、冷蔵庫から缶《かん》ビールを取りだし、一馬の元に運んでくる。

「そうか。これだけ汗をかけば、酒も抜けるってことか」

一人で納得したように呟く神宮に、一馬はますます腹立ちを覚える。神宮も二度は射精しているのに、三度も好き放題に貪《むさぼ》られた一馬と違い、体力が残っているようだ。

「俺はまだ酒が残ってる」

「今日は確実にお前のほうが飲んでただろうが」

「刑事三人に囲まれて、飲むしかすることがなかったからな」

そんな繊細《せんさい》な神経など持ち合わせていないくせに、神宮はぬけぬけと言い放つ。

「ほら」

一馬のそばに戻ってきた神宮が、プルトップを開《あ》けてからビールを手渡してくる。

全身のけだるさを堪え、一馬はどうにか体を横向きにして、缶を受け取った。

冷たいビールが体に染み渡る。一口飲み下すと、それが呼び水となった。渇きを訴える喉へと一気に流し込む。

そんな一馬の隣に神宮は腰を下ろし、手にしていたミネラルウォーターを口に運ぶ。

「お前は飲まないのか？」

「俺はまだ酒が残っていると言っただろう」

「残ってたって……」

明日もまだ休みなのに、酒が残っているくらい、何がどう問題なのか。そう言いかけた一馬は、ボトルを置き、自分に近づいてくる神宮に不穏なものを感じて言葉を詰まらせる。

「だから、酒を抜く手伝いをしてくれ」

そのためには激しい運動で汗をかくことだと言いたげに、神宮が一馬に覆い被さってきた。

「嘘《うそ》だろ……」

もう三度も達していて、さすがに終わりだと思っていたから、完全に油断していた。それに抵抗する体力も残っていない。

早速《さっそく》、背中を撫で回してくる神宮に、一馬は掠れた声で訴えるしかできない。

「も……無理だ……」

そんな呟きは神宮の耳には届かなかった。

5

話し声が聞こえる。一馬は夢現《ゆめうつつ》の状態で、その声を聞くともなしに聞いていた。

「それじゃ、あいつもまだ寝てるんですか？」

「熟睡《じゅくすい》だ。だが、もうそろそろ起こさないとまずい」

神宮の問いかけに答えたのは、本条の声だ。声の大きさからすると、部屋の中まで来ていないようだ。おそらく、出入り口で立ち話をしているのだろう。

「何時のフライトですか？」

「十時だ」

「それは確かにもう出る準備をしないとまずいですね」

まだ目を閉じたままの一馬に、今の時刻を確認する手段はないが、二人の会話から、だいたいの時刻を予想することはできる。平塚の護送を受け持つのだから、自分たちだけで飛行機に乗るようなマネは出来ず、預かってもらっている所轄に行かなければならない。その分の時間も計算に入れると、午前六時とかその辺りではないだろうか。

「お前らは？」

「夕方です」

神宮の言うとおり、一馬たちが東京に戻るのは午後五時過ぎの便だ。両親がギリギリまで北海道を満喫しようと組んだスケジュールのためだった。

「なら、余裕だな」

「ええ。だから、ギリギリまで寝かせてやるつもりです」

偉そうな神宮の口ぶりにむかつくものの、一馬はまだ起きようとはしなかった。起きられないと言ったほうが正しい。昨夜《ゆうべ》は何時に解放されたのかわからないが、今が午前六時頃なら、ほとんど寝ていないようなものだ。

全ては神宮のせいなのだから、偉そうに言われる覚えはないし、起きて相手をしてやる義理もない。一馬はそう決めて、布団を被り直したときだ。まるで一馬の気持ちを代弁《だいべん》するかのような台詞《せりふ》を本条が口にした。

「昨夜、無茶をさせたからか？」

明らかに何かを知っている口ぶりに、一馬は一気に目が醒《さ》める。思わず飛び出していきそうになるが、体のだるさがそれを止めた。

「もしかして、聞こえてました？」

神宮の声には、悪びれた様子は一切ない。本条には二人の関係を知られているから、聞こえていても構わないということなのだろう。

「そりゃ、あれだけ騒《さわ》がれればな」

苦笑いしているらしい本条の声から察する限り、一馬に自覚はなかったが、発していた声はかなり大きかったようだ。あのときの一馬は、隣の部屋に本条たちがいることも、そもそも隣に部屋があることさえ忘れていた。

「ほどほどにしとけよ。今回は吉見も寝ていて気付かなかったし、聞いていたのは俺だけだったが、いつもそう運よくはいかないぞ」

「ご忠告《ちゅうこく》、ありがたく拝聴《はいちょう》しておきます」

「ホント、嫌な男だな。河東もよく付き合っていられるもんだ」

「それは河東に言ってください」

神宮の声に怒った様子がないことから、本条が冗談っぽい雰囲気で言ったのだろう。神宮と本条は、それほど接点がないし、気の合うタイプでもなさそうだが、刑事として、科捜研所員としての腕は認め合っている。だからこそ、本条も忠告するのだろうし、神宮も聞く耳を持っているのだ。

「それじゃ、またな」

「河東には本条さんたちが先に帰ったって伝えておきますから」

神宮の言葉の後、本条の立ち去る気配がした。それからすぐに神宮は部屋の中に戻ってくる。

「本条さん、何しに来たんだ?」

一馬は布団に寝転んだまま、近くに来た神宮に問いかける。

本条とは昨日のうちに、別れの挨拶を済ませておいた。だから、こんな朝早くから本条が訪ねてくる理由がわからない。

「起きてたのか？」

「話し声で目が醒めた」

問いかけに一馬はぶっきらぼうに答える。

「訪ねてきたわけじゃない。廊下《ろうか》で出くわしたから、その流れで話してただけだ」

「今、何時だ？」

一馬は話を変えるように、新たな質問を繰り出した。

「六時半だ」

「そんな朝っぱらから、二人とも何の用があったんだよ」

廊下で出くわすということは、どちらも部屋から出なければならない用があったということだ。ここは朝食も部屋に配膳《はいぜん》されるし、売店もまだ開いていない時間だ。一馬は疑問をそのまま神宮にぶつけた。

「俺は目が醒めたから、ロビーに行って新聞を読んできた帰りだ。本条さんは朝風呂に行くところだったらしい」

「お前、寝たのか？」

身支度は完璧で、寝ぼけたところの一切ない様子からすると、神宮が起きたのは少なくとも三十分以上は前だ。神宮より先に寝て、遅くに起きた一馬でさえ、あまり眠れていないのに、これでは神宮はほとんど寝ていないことになる。

「ああ、二時間ほどな」

「俺もそれくらいか？」

「そうだな。今、起きたのなら、三時間ってところか」

どこか素《そ》っ気《け》なく聞こえる神宮の話し方は、いつもとなんら変わらない。昨晩の激しさは別人の仕業なのではないかと思えるほどだ。

「本条さんもあまり寝てないから、眠気覚ましに風呂に行ったらしい」

「それはお前のせいだろ」

一馬は苦々しげに吐き捨てる。

「昨夜はよくもやってくれたよな。おかげで本条さんに聞かれただろうが」

いくら関係を知られているからとは言え、神宮とは違って、一馬は抱かれている声を聞かれてしまったのだ。さすがに恥ずかしくて、しばらくは顔を合わせたくない。

「隣にいるのを忘れて、でかい声を出したのはお前だ」

「お前が悪いんだろ」

「感じやすいお前が悪いんじゃないか？」

平然と言い返してくる神宮に腹が立って、一馬は反論するために起き上がろうとした。だが、腰に力が入らず、すぐに布団に突っ伏す羽目《はめ》になる。

「まだ力が出ないみたいだな」

「おかげさんで」

一馬は皮肉《ひにく》たっぷりに言い返した。

「その様子だと飛行機に乗るのは辛《つら》そうだな」

少しは責任を感じたのか、神宮が気遣うように言ってきた。

「今はな。けど、夕方の便だろ？　ここのチェックアウトぎりぎりまで寝てれば、回復するさ。だから、起こすなよ」

北海道最終日、楽しめないのは神宮のせいなのだと一馬は釘《くぎ》を刺《さ》す。

「わかった。ゆっくり寝てくれ」

起こさないための配慮《はいりょ》なのか、神宮はそう言うと、部屋から出て行った。一人で何をして時間を潰すつもりなのか。考える前に、一馬は再び眠りに落ちた。


「そろそろ起きろ」

神宮の声が頭上で響く。最初はぼんやりと、だが、二度目の声で覚醒《かくせい》した。

「もうそんな時間か。すっかり爆睡《ばくすい》してた」

一馬は布団から起き上がると、大きく伸びをする。どれだけ寝ていたのかわからないが、頭も体も、驚くほどすっきりとしている。満足できる睡眠が取れた証《あかし》だ。

おまけに体も妙《みょう》に小綺麗《こぎれい》になっている。汗まみれのままで眠ってしまったはずなのに、汗臭さはなく、べたついた感じもない。どうやら、一馬が眠っている間に、神宮が綺麗にしてくれていたようだ。

ふと見ると、一馬が寝ていたのは、昨夜、ぐちゃぐちゃにした布団ではなく、もう一つのほうだった。ただ、体には何一つ纏《まと》っていなかった。ギリギリの枚数の着替えしか持ってきていなかったから、神宮も着させるのを躊躇《ためら》ったのだろうか。

「今、何時だ?」

「三時だ」

「三時って……。飛行機は?　ここから間に合うのか?」

驚きが一馬の目を完全に覚ました。フライトは午後五時台のはずだ。登別《のぼりべつ》から新千歳《しんちとせ》まで移動しなければならないし、搭乗手続きもあれば、レンタカーも返却しなければならないのだ。どう考えても間に合いそうにない。

「安心しろ。飛行機はキャンセルした」

「はあ?　何、勝手なことをしてんだよ」

一馬は唖然《あぜん》として、つい強い口調になり、神宮に詰め寄った。

「代わりに寝台列車を押さえた。明日の朝には東京に着く。ま、少し遅刻にはなるが、それくらいはなんとかなるだろ」

「なんとかはなるけど、なんで、寝台列車なんだ？」

「座らなくて済むからだ。自分は動かずに、寝ていても移動できるし、向こうについても、羽田じゃなく東京駅なら、移動も早い」

神宮の説明を聞いて、一馬は理解する。早朝に一度、目が醒めたとき、一馬は体のだるさを訴えた。だから、神宮はゆっくり一馬を寝かせることができる、別の移動手段を考えたというわけだ。

「後でそんな気遣いをするくらいなら、最初から俺に任せてろよ」

一馬は自分なら優しく抱いてやると、言外に匂《にお》わせた。

「お前は無茶をしそうだから遠慮する」

「お前が言うな」

一馬が突っ込みを入れると、神宮がおかしそうに口元を緩める。

「寝台列車に変更でいいな？」

「いいも悪いも、もう変更したんだろ。それに乗るしかないんじゃねえの」

そう言ってから、一馬はふと気付いた。

「三時だともうチェックアウトの時間は済んでるよな？」

「お前の体調が悪いからと夕方まで延長させてもらった。平日だから、部屋が空いてたしな」

神宮によると、寝台列車の出発時刻も五時台なのだが、登別駅から乗車できるため、時間に余裕があるのだと言う。

「手回しのいいことで」

一馬が二度寝をしている間に、飛行機をキャンセルし、寝台列車を手配して、チェックアウトの延長も忘れない。神宮の冷静さや計画性には感心するしかない。

「だったら、とりあえず、先に何か食べさせろ。時間があるんだろ?」

一馬は昨日の夜から何も食べていない。体調が回復してくると、急に空腹を思い出した。きっと豪華《ごうか》な朝食があったはずなのに、寝ていたせいで、食べ損《そこ》ねたのを残念に思う。

「簡単なものなら、ここの喫茶室《きっさしつ》でも食べられるが……」

「それでいい」

さほど食に拘《こだわ》りのない一馬は、今は空腹を満たすことを優先した。

それから、シャワーを浴び、軽食を食べ、ようやくチェックアウトを済ませると、神宮の運転で登別駅へと向かった。もう一馬も運転くらいはできるのだが、反省しているらしい神宮に任せることにした。

駅前でレンタカーを返却し、神宮が窓口へチケットを引き替えに行く。どうやら、スマホで予約をしていたようだ。

出発時刻の十五分前に、一馬と神宮はホームに到着した。

「寝台列車ってこれかよ」

自分たちが乗る列車を目の当たりにし、一馬は驚きの声を上げる。

「なんだ、知ってるのか？」

神宮が意外そうに問いかけてくる。

「カシオペアだろ？　俺でもそれくらい知ってるっての。これ、なかなか予約が取れないとか言ってなかったか？」

一馬のおぼろげな知識でも、カシオペアが人気列車であることくらいは知っている。そんな列車のチケットが、急に取れたりするのだろうか。

「らしいな。今日はたまたま空きがあったから、寝台列車に変えたんだ。そうでなければ、明日の朝の便にするつもりだった」

「平日だしな。まあ、そういつもいつも満席ってことはないか」

一馬は納得して、チケットに記載された客室に向かった。

「これって、豪華列車とか言われてるんだろ？」

列車内の通路を縦に並んで歩きながら、一馬は前を歩く神宮に話しかける。

「まあ、一般的な寝台列車に比べると豪華だな」

神宮がそう答えたとき、ちょうど目的の客室の前に辿《たど》り着いた。

鍵《かぎ》になるのは暗証番号だ。神宮がそれを打ち込み、扉が開く。

「マジで豪華すぎるだろ」

室内に足を踏み入れた一馬は、感動してではなく、呆れかえって呟いた。列車の中だというのに、一階にリビング、二階が寝室と、メゾネットタイプになっているのだ。どうやら、ここはスイートらしい。

一馬からすれば、ホテルもそうなのだが、寝台列車も、寝るための場所でしかない。だから、豪華さなど必要ないのだが、神宮は違った。何か拘りがあるらしく、チープなビジネスホテルを嫌がる。

「狭い部屋は落ち着かない」

「いやいや、それは時と場合によるって。電車に何を期待してんだよ」

「実際、こういう部屋があるんだから、問題ないだろう」

「そうだけどさ」

二階のリビングに荷物を置いて、腰を落ち着けると、すぐに列車が走り始めた。

この乗車は予定外だし、楽しみにしていたわけではなかったが、こうして、流れる車窓を見ていると、不思議《ふしぎ》と気持ちが高揚《こうよう》してきた。今回の北海道旅行で、初めて旅気分を味わったような気がする。

走り始めて間もなく、室内にインターホンの音が響いた。まさか、列車にそんなものがあるとは思わず、一馬は訝《いぶか》しげに音の方向に顔を向けた。

「この部屋のインターフォンだな」

「そんなものがあるのかよ」

「上にいると聞こえないからじゃないか」

そう言って、神宮が立ち上がり、階下に向かう。

列車内で誰か来る可能性といえば、検札くらいだ。一馬はさして気にせず、階段を降りる神宮を見送っていた。

「やっぱりお前か」

ドアを開ける音に続いて、神宮の嫌そうな声が聞こえてくる。

「そりゃ、俺も乗らないわけにはいかないだろ」

続いて一馬の耳に届いたのは、聞き覚えのある桂木《かつらぎ》の声だった。どうして、桂木までここにいるのか。それを考えるより早く、本人が一馬の前に姿を見せた。

「どうだ？　なかなかいい部屋だろ？」

神宮より先に二階に上がってきた桂木が、何故か自分の手柄のように問いかけてくる。

「なんで、お前まで乗ってんだよ」

問いかけには答えず、一馬は疑問をぶつける。

「札幌から乗ったから？」

「そうじゃなくて」

とぼけて答える桂木に、一馬が詰め寄ろうとした矢先、

「悪い。こいつにチケットの手配を頼んだんだ」

神宮が珍《めずら》しく申し訳なさそうな顔で、桂木の代わりに答えた。

だからなのかと、一馬はすぐに納得する。桂木が一馬たちの交通手段を知ったことよりも、急にカシオペアのチケットが取れたことがだ。

桂木には驚くほどコネがある。テレビ局勤務という仕事柄と、本人の社交的な性格もあってか、いろんな業界の人間と付き合いが多い。その伝手《つて》から、一般人では手に入らないようなチケットも入手できるし、普通なら入れない場所に入れたりもする。一馬たちも何度か、その恩恵にあずかったことがあった。

「いやな、お前たちがこれで帰るっていうから、じゃあ、俺もついでに乗ってみるかなってさ。乗ったことなかったし、今後、何かに使うかも知れないだろ？」

桂木の言うように、この豪華列車はドラマなどで舞台にすれば絵になるだろうが、何の企画も上がっていない今、慌ててロケハンする必要はないはずだ。確実に、面白がって同行しただけに違いない。

「仕事はもう終わってんのか？」

「無事に終了しましたよ」

一馬の質問に、桂木が軽い口調で答える。

「紫室《しむろ》たちは？」

「紫室と小篠《こしの》は、終わった途端《とたん》、速攻《そっこう》で帰った。小篠は売れっ子だし、紫室は店をできるだけ休みたくないんだと。もう今頃、店を開けてるんじゃないか」

「他のスタッフはどうした？」

今度は神宮が追及する。自分がチケットの手配を頼んだせいだとはいえ、堂々と邪魔をしてくる桂木に苛立っているのだろう。

「今日が何時終わりになるかわからなかったから、明日、帰ることにしてたんだよ。で、早く終わったから、俺だけ一足先に帰ることにした」

「スタッフを置いてきたのか？」

神宮の声には咎《とが》める響きがあった。

「上司が一緒じゃないほうが、札幌最後の夜を楽しめるだろ。気を利かせてやったんだよ」

桂木は気遣いの出来る上司風を吹《ふ》かせているが、本当は、どちらに付き合うのが楽しいかで選んだだけのはずだ。桂木ともそこそこの付き合いになってきたから、一馬でもそれは簡単に想像がついた。

「なんと、俺の部屋はこの隣」

「そうだろうともよ」

桂木の顔を見たときから予想できていただけに、一馬たちに驚きはなかった。桂木はそこまでする男だ。

「で、夕食はどうする？　車内販売くらいしかないぞ。食堂車は予約制だからな」

「お前に心配される覚えはない」

「弁当でいいか。二人よりも三人。人数の多いほうが食事は楽しいだろ」

神宮が素っ気なく答えても、桂木は全く気にしない。二人の了解も取らず、早速とばかりに買い出しに出かけていった。このフットワークの軽さも、桂木を敏腕《びんわん》プロデューサーにしているのかもしれない。

「最後までこれか」

神宮の苦笑いが、諦めに聞こえる。最初に桂木と出会ったのがケチのつき始めで、それ以降もなかなか二人きりの時間が過ごせなかった。旅の最後がまた桂木との遭遇《そうぐう》となれば、神宮のこの態度も無理はないだろう。

「これが俺たちらしいのかもな」

一馬は笑みを浮かべて、この三日間を振り返り、その感想を口にする。

「これがか？」

「どうにもお前と二人でまったりしてるところなんて、想像できない」

「それは言えてる」

すぐに納得する神宮がまたおかしくて、一馬は声を上げて笑った。神宮もそれに釣《つ》られて笑顔を見せたとき、一馬の携帯電話が着信音を響かせた。

「桂木からだ」

着信表示を確認し、一馬は神宮に知らせるため、声に出して言った。

「どうして、お前にかけてくるんだ？」

「そこはいいだろ」

呆れて笑いつつ、一馬は通話ボタンを押して、携帯電話を耳に押し当てる。

「どうした？」

『喜べ。食堂車でのディナーにキャンセルが出たそうだ。三人分、空きができたっていうから、頼んでおいた。すぐに来いよ』

「いやいや、返事をする前に確認しろっての」

『味気ない弁当よりはいいだろ。じゃ、待ってるからな』

桂木は一方的に言って、電話を切ってしまった。

「食堂車に来いってよ」

「行かなくてもいいんだが……」

「まあ、どうせメシは食うしな」

神宮が言い淀《よど》んだ言葉の先を一馬が続ける。どんな料理が出るのかは知らないが、どうせ何も用意していなかったのだ。断る理由はなかった。

まだ少し夕食には早いが、そのせいか、食堂車に客の姿は少なく、奥の席にいる桂木をすぐに見つけられた。

「何が食堂車だ。ダイニングカーだと訂正されたぞ」

一馬は桂木の向かいに腰を下ろし、まず文句を言う。客室を出たところで、乗務員と出くわし、何号車か尋ねたときに言い直されたのだ。もちろん、乗務員に悪気はなく、車内表示がそうなっているから迷わないようにという配慮《はいりょ》だったに違いない。

「そんな洒落《しゃれ》た言葉で言ったって、河東には通じないと思ったんだよ。これでも気を遣ってやったんだけどな」

「そんな気遣い、いらないっての」

桂木の冗談に一馬も笑って答える。

「一応、二人きりを邪魔してる自覚はあるから、ここの支払いは俺が済ませた」

「当然だな」

「お前は俺に感謝すべきだろ」

素っ気ない神宮に、桂木が反論する。

「俺は借りを返してもらっただけだ」

「ロケに付き合わせたことを言ってる？」

問いかけに神宮がそうだと頷《うなず》く。

「お前だって楽しんでたじゃないか。紫室と盛り上がってただろ?」

桂木がそう言って意味深な視線を一馬に投げかけてきた。一馬はその意味をすぐに察して、これ見よがしの溜息を吐く。

「お前さ、俺に嫉妬させようとしてるんだろうけど、無駄だし」

「愛されてる自信ってわけだ」

茶化《ちゃか》した桂木の口ぶりに、一馬は苦笑いで、神宮は素知《そし》らぬ顔だ。

「俺としては、もう少し他に目を向けてもらいたいくらいだけどな」

一馬は桂木を見ながら、神宮への皮肉を口にする。

「愛情過多だってよ。どうする?」

「どうもする気はない」

相変わらず、神宮の桂木への態度は、とても元カレに対するものは思えない。友達付き合いが続いているのだから、一馬と同じで、桂木のことを嫌っているわけではないのだろうが、ときどき、苛立つくらいにめんどくさいことがある。今がそのときだというわけだ。

そんな話をしているうちに、三人の前に食事が運ばれてくる。懐石御膳《かいせきごぜん》と名の付いた和食で、列車内で食べるにしては豪華なメニューだった。

「なんだかんだで、今回の旅行では結構、食ったよな」

一馬は早速、箸《はし》を付ける。遅めの朝食兼昼食を取ったのは、ほんの三時間前だが、美味しそうな料理を目にすると、俄然《がぜん》、食欲が湧《わ》いてきた。

普段は腹さえ膨《ふく》れればいいと、食事に拘りはなかったし、そのために時間を割《さ》こうとも思わなかった。なんなら、忙《いそが》しさにかまけて食べないことも珍しくない。それでも、美味いものは美味いとわかる。一馬の箸は止まらなかった。

「いい食いっぷりだな」

勢いよく食べる一馬を見て、桂木が感心したように言った。

「お前らが食べなさすぎなんだよ」

一馬の半分も進んでいない神宮と桂木の料理を見て、一馬は呆れて指摘する。そのせいかどうなのか、二人はかなりの細身だ。

「食べると、その分、飲めなくなるからな」

「料理より酒ってか？　まあ、わからなくもないけど、こういうときは食っとけよ」

一馬から強引に勧められ、神宮は苦笑しつつも箸を動かす。

「しかし、こうも毎日、美味いものばっか食ってると、この三日で太ったような気がするな」

「大丈夫だ。それを消費するだけの運動はしてる」

澄ました顔で答える神宮を、一馬はジロリと睨み付ける。桂木の前でそういうことを言い出すのは、いつものことでもう慣れたが、好き放題しておきながら、反省していない態度にむかついた。

「あれは運動なんて言わないんだよ」

「かなりカロリーを消費できたと思うが?」

ああ言えばこう言う。言葉で神宮を言い負かすのは、かなり難しい。一馬は嫌な顔で話を打ち切るように食事を再開させる。

だが、黙っていなかったのは桂木だ。二人のやりとりを面白そうに見ていたが、一馬が黙ったのをきっかけに、神宮を質問責めにする。

「そんな激しいことしたのか? 俺に黙って」

「お前に説明する必要はない」

茶化して口を挟んできた桂木を、神宮がばっさりと切り捨てる。

「そう言うなよ。知らない仲じゃないんだし」

桂木が過去を匂わせてくるが、一馬は全く気にならない。神宮も桂木も全く未練を残していないことは、その態度で明らかだし、何より、神宮の執着《しゅうちゃく》を嫌と言うほど思い知らされているだけに、嫉妬しようがなかった。

「それに、河東もたまには息抜きしたいんじゃないか?」

「息抜き?」

言葉の意味を問い返す一馬は、テーブルの下で足に触れる何かに気付いた。

「何やってんだよ」

屈んで確かめるまでもなく、桂木を窘《たしな》めた。触れていたのは、桂木の膝《ひざ》だ。意図的にくっつけてきたに違いない。息抜きの意味を言葉ではなく、態度で教えるためにだ。

「おい」

神宮がそれに気付き、桂木を睨み付ける。

「これはお前のためにもなると思うんだけどな」

「何がだ？」

神宮は険《けわ》しい顔のまま、おかしなことを言い出した桂木に、その意味を尋ねる。

「いつまでもお前にやられっぱなしじゃ、河東だって鬱憤《うっぷん》が溜《た》まるだろ。だから、それを俺が抜いてやろうって言ってるんだよ」

そう言ってから、桂木は一馬に向けて艶然《えんぜん》と微笑《ほほえ》みかける。

確かに、桂木は整った顔立ちをしている。だが、一馬にとっては何の意味もない。男の顔でそそられ、その気になるのは、神宮の顔だけだ。

「食事中に食欲のなくなることを言ってんなよ」

一馬は眉根《まゆね》を寄せ、心底、嫌そうに答える。

「ひどい言われようだな」

「俺は誰でもいいから男を抱きたいわけじゃない。神宮を抱きたいだけだ」

きっぱりと言い切る一馬に、桂木は一瞬、言葉を失い、それから盛大に笑い出した。声を上げて笑うものだから、他の客が何事かとこちらを窺っている。もっとも席が離れているから、何を話しているのかまでは、わかっていないはずだ。

「食事中にする話か」

自分のことを言われているというのに、神宮はまるで他人事のような顔で注意してきた。

「そもそも、お前が悪いんだろ。いい加減、腹を括《くく》れって」

「ホントに諦めが悪い男だな」

詰め寄る一馬を神宮が軽くいなす。自分が抱かれる立場になることなど、欠片も考えていないからだ。その自信が一馬をむかつかせる。

一馬は腹立ち紛れに、残っていた料理を勢いよく掻き込む。懐石ではなく、丼でも食べているかのような食べ方に、神宮と桂木が呆れているのがわかる。

「よし、終わった。俺は部屋に戻ってるから」

二人より早く食べ終えた一馬は、早々に席を立った。

「ゆっくりしていけばいいだろ。俺たちはまだなんだし」

驚いたように桂木が引き留める。

「お前たちはゆっくりしてろ。俺はもう寝る」

「寝るって、こんな時間から？」

桂木は腕時計で今の時刻を確認する。ここに来たのは午後六時ちょうどくらいで、桂木が見せてきた時計は、六時十五分を過ぎたところだった。

「寝過ぎて余計に眠いんだよ」

一馬は顔を顰めて答える。旅館で充分に寝たから、もう大丈夫だと思い込んでいたが、まだ腰のだるさが残っていたらしい。旅館を出てから、今まで、ずっと座った状態だったから、それが腰に来たようだ。

せっかく横になったままで帰れるからと寝台列車にしたのに、起きていたのではただ無駄に長時間移動を選んだだけになってしまう。

「わかった。ゆっくり休め」

さすがに反省しているのか、神宮は素直に一馬を送り出そうとする。それが桂木に不信を抱かせたようだ。

「ものわかりがいいな。もしかして、お前のせいだったりする？」

その質問に神宮は答えず、

「俺はこいつと下で飲んでる。もし、目が醒めて、飲みたい気分になったら来ればいい」

桂木が邪魔しないよう引き留めておくとばかりに言って、一馬を見送った。

一馬は元恋人たちを二人きりにすることを全く気にせず、これ以上、桂木に煩いことを言われないうちにと一人で部屋に戻る。

とにかく早く横になりたかった。桂木の前で腰を庇うような仕草《しぐさ》を見せて、勘《かん》ぐられるのを避けたかったからだ。

眠くはなかったはずなのに、ベッドに突《つ》っ伏《ぷ》すと、不思議と眠気が襲ってくる。寝過ぎで眠いというのも、満更《まんざら》、嘘ではなかったなと思いながら、一馬はいつの間にか眠りについていた。

いくら眠っていても、自然と人の気配で目が醒める。いつもはそうだった。けれど、この日に限っては、目覚めたときには頭上に桂木の顔があり、足下には神宮がいた。

「お前ら……」

何をしているんだと問いかけた言葉を一馬は飲み込む。タオルで縛られた両手は頭の上で桂木に押さえられ、両足の上には神宮が乗っている。完全に動きを封じられている上、下半身は全て剝《は》ぎ取られた状態だった。

「ちょっと油断しすぎだろ。コイツが一番危ない男だってのに」

桂木が笑いながら、視線を危ない男である神宮に向ける。

外部に対しては、もちろん、鍵をかけて用心はしていた。だが、神宮が危ないのはわかっていても、同時にもっとも信頼できる男でもあるから、つい警戒を怠《おこた》ってしまう。それに、昨日の今日で、反省している様子も見せていたから、大丈夫だと思い込んでしまったのだ。

「あんだけしておいて、まだ足りないのかよ」

一馬は神宮を睨み付け、湧き起こった怒りをぶつける。

「足りないな。俺はいつでもお前に飢《う》えてると言わなかったか？」

「そんな戯言《たわごと》、聞いたその場から忘れてるっての」

身動きは取れなくても、素直におとなしくしている一馬ではない。負けじと神宮に言い返す。

「へえ、この旅行中、二人して、そんなに励《はげ》んでたのか」

今度は桂木が冷やかしてきた。不本意ながら一馬が神宮に抱かれていることを知っていて、なおかつ、神宮の一馬に対する執着も気付いているのだから、旅行中に神宮が暴走することは、桂木には予測できていたに違いない。それでも、面白がって初めて知ったかのような顔をしている。それが一馬には腹立たしい。

「お前は黙ってろ」

まず桂木を一喝《いっかつ》してから、

「っていうか、なんで、桂木まで巻き込んでんだよ」

一馬は神宮の意味不明な行動を責める。嫉妬深いくせに、他の男をセックスの現場に引っ張り込もうとするのが理解できない。

「本当は俺も他の男には見せたくないんだが……」

「だったら止めろ」

神妙《しんみょう》な顔つきで答える神宮を遮《さえぎ》って、一馬は命令する。一秒でも早く、この危ない状況から抜け出したかった。

「そのほうが感じてるお前を見られるからな」

「そんなわけあるか。ふざけてんじゃねえぞ」

「俺はいたって真面目《まじめ》だ」

言葉と態度が比例しない。神宮はニヤリとして笑みを浮かべ、Tシャツの上から、一馬の胸元をまさぐり始めた。

「……っ……」

指先が胸の尖りを掠め、一馬は思わず息を詰める。昨晩、さんざん弄《いじ》くられたそこは、少し触れられただけでも、敏感な反応を示してしまう。だが、それを桂木に悟られたくなくて、顔を背けた。

「その顔が見たかった。苦渋《くじゅう》の決断だ」

「そんな決断、しなくていい」

一馬は露骨に嫌な顔を神宮に向ける。その理屈《りくつ》が通ると思っているのか。いつもは理知的で冷静な男なのに、一馬が絡むとおかしなことを言い出す。

「だいたい、お前も断れよ」

気を逸らすためもあって、一馬は矛先《ほこさき》を桂木に向けた。神宮に抗議が通じないなら、桂木を説得するしかない。

「なんで？　俺に断る理由がある？」

桂木がとぼけて問い返してくる。こんな奴だから、別れた後でも神宮と友達づきあい出来ているのだろう。それが頼もしいときもあるが、今はむかつくだけだ。

「お前の色っぽい姿が見られるって言うんだ。断る馬鹿はいないだろ」

「誰が見せるか」

吐き捨てる一馬に、桂木は思わせぶりな笑みを浮かべてみせる。

「見せてもらうために、コネを駆使して、ここのチケットを手配したんだ。時間があるならともかく、その日のチケットだろ？　苦労したよ」

まさか、神宮と桂木がこんな裏取引をしていたとは思ってもみなかった。一馬は苦々《にがにが》しげに二人を交互に睨み付ける。

「だから、その借りは返してもらわないとな」

そう言った桂木は、怪《あや》しげな物体を一馬の目の前にかざしてきた。

「お前、それ……」

「残念ながら、直接、手で触るのは禁止だって言われてるんだよ。これだって、急いで調達してきたんだ」

「そこまでする……な……」

一馬の言葉が途切《とぎ》れたのは、桂木がピンク色のローターを乳首に押し当てたせいだ。いつの間にか、神宮がTシャツをたくし上げていて、振動が生《なま》で伝わってくる。

右の胸は頭上から桂木によってローターで刺激を与えられ、左の胸は足下から神宮が伸ばしてきた手に弄くられる。

「は……ぁ……」

左右を違った感覚に責められ、一馬の口から息が漏れる。

「やっぱりいい顔するなぁ」

しみじみと感想を口にする桂木は、おそらく一馬をじっと見つめているのだろう。だが、それを確かめると、見られていることを再認識することになるから、一馬はあえて、神宮だけに視線を注いでいた。

「こんなんじゃ、物足りないって？」

「言ってねえよ」

神宮の思い込みを一馬は即座《そくざ》に否定する。もっとも、神宮が本気でそう思っていないことは明らかだ。ただ一馬を辱め、言葉でも昂ぶらせようというのだろう。

一馬はその手には乗らないと、神宮を睨み付け、口を閉ざした。

「……っ……」

不意に耳に息を吹きかけられ、一馬は身を竦《すく》ませる。

「俺もいるってこと、忘れてないか？」

桂木の囁《ささや》きかける声が、耳朶《じだ》をくすぐりながら奥まで届く。

「俺を見ろとは言わないけど、忘れてると大変なのはお前だぞ」

桂木はそう言うと、これ見よがしに左手にもローターを摑み、神宮が退《ど》いた左の胸にも近づけてきた。

わざと違う種類のものを手に入れたのか、左右のローターは振動の大きさが違った。そんなことに気付くのも嫌だが、もっと嫌なのはそれでより感じてしまうことだ。

「ふ……ぅ……」

堪えようとしても熱い息は、一馬の唇を押し破って出てくる。

「一馬、俺を見ろ」

神宮の声につられて、一馬が視線を移した先では、神宮が一馬の中心に顔を近づけていく光景が広がっていた。

「あ……はぁ……」

まだ力を持たない屹立に手を添え、神宮はゆっくり舐め上げていく。その間も桂木がローターを止めることなく、一馬は同時に三カ所を責められる。

声を殺そうと、感じているところを見せまいとするのは、もう無駄な抵抗だった。屹立は徐々に力を持ち、胸の小さな尖りも固くなり、ますます振動を受けやすくなっていた。

「う……んっ……」

屹立が完全に神宮の口中に収められ、喉の奥まで引き入れては引き出す動きを繰り返す。吸い上げられ、唇で扱かれ、一馬の体はあっという間に頂点へと登りつめる。けれど、簡単に解放させてはくれなかった。

このまま神宮が刺激を与え続けてくれれば達することができた。だが、神宮は顔を離したかと思うと、足の上から退き、すぐさま一馬の腰を摑んだ。

事前に打ち合わせでもしていたのだろうか。神宮の動きに呼応するように、桂木が一馬の肩を摑んだ。

「何……？」

戸惑《とまど》ったのは一瞬だ。神宮と桂木が、息を合わせて、同時に一馬の体を俯せにする。ろくに抵抗できなかったのは、体が限界なくらいに昂ぶっていたためだ。

神宮は容赦《ようしゃ》なく、一馬の腰だけを高く持ち上げる。扇情的な姿を見せつけられた桂木が、一馬の目の前で、自らのパンツの前を緩め、屹立を引き出した。一馬を見ているだけで興奮したのか、それは既に形を変え始めていた。

「お前……」

「安心しろ。口でしろなんて言わないから。言ったところで、お許しが出るはずもないしな」

桂木はおどけた口調で言ってから、

「ただちょっとおかずにさせてもらうだけ」

恥ずかしげもなく言い放つ。

ふざけるなと言いたかった。けれど、後孔に熱い息を感じて、言葉が出ない。次に何が来るのか。経験が一馬を身構えさせる。

「あ……はぁ……」

濡れた感触が与えられ、一馬の口が綻《ほころ》ぶ。堪えきれない息が零れだした。

神宮が後孔を舐めているのだと想像するのは簡単で、しかもその様子を桂木に見られているのだと思うと、火が付いたように全身が熱くなる。ただでさえ、羞恥を感じずにはいられない行為なのだ。

神宮がわざと音を立てて舐め上げる。こういうときこそ、桂木が何か話していれば、その声に紛れるのに、まるでその音を楽しみたいかのように、息を潜《ひそ》めている。

「い……っ……う……」

一馬の口から、堪えきれずに大きな声が溢れ出た。思わず首を曲げて見たものの、その正体は目では確認できなかった。だが、想像ではできた。

一馬は縛られた両手でシーツをきつく握り締める。

何かが一馬の中に押し入ってくる。それは舌でも指でもなく、もっと固くて冷たい何かだ。

昨日も一昨日《おととい》も神宮に貫《つらぬ》かれていた後孔は、もしかしたら、少し腫《は》れていたのかもしれない。

一瞬、その冷たさが心地いいと思ってしまった。

「ふっ……ぁ……」

押し込められたローターが振動を始め、一馬も体を震わせる。

「随分《ずいぶん》、良さそうだな。今後のために買っておいてやろうか？」

「うるさいっ……」

一馬はどうにか言葉を絞り出し、神宮の提案を拒絶《きょぜつ》する。

「こんなに喜んでもらえるなら、いくらでも差し入れてやるって」

「その度に、お前がついてくるならお断りだ」

「楽しんでるくせに」

快感に苛まれている一馬の上で、神宮と桂木が軽口を装いながら牽制《けんせい》し合う。

二人の間でどんなやりとりがあろうと、仮に諍いが起ころうとも、今の一馬にはどうでもよかった。後孔はローターが刺激し続け、屹立は柔らかく包んだ神宮の手に軽く扱かれ続けていて、頭には達することしかなかったのだ。

「河東がもう我慢できないってよ。お前がまだ準備できてないなら、いつでも俺が代わってやるけど？」

「誰がお前のなんか借りるか。こいつの中に入っていいのは俺だけだ」

神宮はそう宣言した直後、中にあるローターを引き抜き、代わりに固くなった自身を突き入れた。

「あぁっ……」

衝撃が一馬の背を仰け反らせる。

一気に奥まで突き入れられ、呼吸が一瞬止まる。けれど、一馬の体は神宮を拒まなかった。まだ中が神宮の形を覚えていたからだ。

「さすがに今日は柔らかいな」

神宮の満足げな声が背後から聞こえてくる。その声には隠しきれない熱が籠《こ》もっていた。

「うっ……はぁ……っ……」

神宮が突き上げてくるたび、一馬の口から声が押し出される。その勢いで体がずり上がりそうになったが、目の前に勃起《ぼっき》した桂木のものがあり、一馬はどうにかそれに当たらないよう、縛られた手を突っ張って堪える。

擦られ、突き上げられ、しかも逃げようがなく、一馬は声を上げ続けるしかない。早く射精することだけを願っていた。

不意に神宮が動きを止める。それからおもむろに一馬の脇《わき》の下に手を差し入れ、自らの膝に座らせるようにして、一馬の体を引き起こした。

「ちょ……無……理っ……」

制止する声も届かず、繋がったままで体勢を変えられ、胡座《あぐら》をかいた神宮の膝の上に座らされた。そして、その正面に桂木がいる。まるで、桂木に見せつけるために、こうしたかのような格好だ。

「お前、この格好が好きだよな?」

神宮が後ろから一馬の耳に口を近づけ、囁き声で問いかけてくる。それを桂木が聞きつける。

「そうなのか?」

「勝手なこと……、言ってんじゃねえ……」

桂木の質問を一馬は背後の神宮に向かって否定する。もっと力強く罵倒《ばとう》したいのに、中にいる神宮が一馬から力を奪う。

「昨日はこれでイッたんじゃなかったか?」

「それは……っ……」

桂木の前で事実を告げられ、一馬は言葉に詰まる。おまけに神宮が腰にぐっと力をいれてきたせいで、反論もできなかった。

一馬の膝の裏に神宮が手を添え、開かせるようにして持ち上げる。まるで、小さな子供に用を足させるみたいな格好だ。これでは繋がったところまで、桂木に晒け出してしまう。けれど、膝を閉じる力は、今の一馬には残っていなかった。

「すごいな。こんなに深く入ってるのに、お前のは今にもはち切れそうになってる」

一馬の股間に不躾《ぶしつけ》な視線を送り、桂木が感想を口にする。

「だから、言っただろ。こいつはこれが好きなんだって」

そう言いながら、神宮が腰を浮かした。

「あ……くぅ……」

屹立が引き出される感覚に震えが走り、体を引き落とされ、奥深くまで神宮を飲み込まされて先端から先走りが零れ出る。

さっきからずっと射精寸前の状態だった。あともう少し、何か一押しがあれば、楽になれるのに、神宮はわざとなのか、前には触れてこようとはしない。

「辛そうだな」

この場で一番、冷静な桂木が、一馬の状況を察して、再びローターを手にした。

「あっ……ああ……」

屹立の先端にローターを押し当てられ、一馬の全身に痺《しび》れが走った。貫かれている快感も増幅され、一馬は呆気なく迸りを解き放った。

今日の神宮はちゃんとコンドームをつけていたらしく、中で達したような感覚はあるのに、熱いものが広がることはなかった。

スイートルームとはいえ、列車内の部屋だ。狭いシャワールームがあるだけだから、後のことを考え、神宮は中で出さないようにしたのだろう。

半ば放心状態になった一馬の視界に、桂木が自らの手で擦り射精している姿が映る。まさか本当におかずにされるとは思わなかった。

神宮は一馬の腰を掴み、ゆっくりと引き上げる。

「……っ……」

引き抜かれる感覚に一馬は体を震わせ、そして、神宮の手が離れるとベッドに突っ伏した。いくら体力自慢の一馬でも、三日連続では体が保たない。二人に文句の一つでも言ってやりたいのだが、声が出ず、ただ荒い呼吸を繰り返すしかできなかった。

「いやあ、いいもん、見せてもらったよ」

手早く身繕《みづくろ》いした桂木が、満足げな声で神宮に話しかける。

「これでチケットの恩は返したからな」

「充分だ」

一馬は黙ったままで二人のやりとりに耳を傾けていた。どうやら、急なチケットの手配を頼まれた桂木は、その謝礼として『見学』を申し込んだようだ。桂木に後々まで恩を売られては、もっと面倒なことを頼まれるに違いない。神宮はきっとそう考えたのだろう。もっとも、だからといって、このやり口を認められるわけではない。

「けど、これはお前にだってメリットがあったわけだろ?」

桂木が訳知り顔で神宮に問いかける。

「……どういう意味だ?」

答えない神宮に代わり、一馬が掠れ声でその意味を尋ねた。

「人前でいちゃつくわけにもいかないし、自慢もできない。だから、こうして俺を使って、その欲求を満たしたかったんだよ」

「こいつが？　そんなキャラだっけ？」

一馬は納得できず、首を傾げる。つい話の先が気になり、二人に対して腹が立っていたことも忘れてしまう。

「お前相手だとそうなるみたいだな」

桂木が何を言っても、神宮は否定しない。つまり図星だということになる。

「わけわかんねえな。異常なほど嫉妬深いくせに、人に見せたいなんて」

「だから、俺なんだよ。他の男には見せたくないが、俺ならギリでセーフなんだろ。まあ、言ってみれば、俺とお前は兄弟なわけだし」

おかしそうに笑う桂木を、神宮は否定しないものの、渋い顔つきで睨んでいる。

「意味わかんねえよ」

「簡単に言うと、お前にベタ惚《ぼ》れってことだろ」

「そんなことはわかってんだよ」

断言した一馬に、桂木が堪えきれずに吹き出した。

「これ以上、長居してたら、本気で河東に怒られそうだしな。俺は寂しく独り寝でもしてくるか」

「そうしろ」

ようやく神宮が口を開き、冷ややかに言い放つ。

「その態度はないだろ。全く、冷たい奴だな」

「じゃあ、俺から言ってやる。早く帰れ」

一馬が追い打ちをかける。もう寝たいのに、桂木が居座っていたのでは、安心して眠れない。

「わかったよ。じゃあな」

二人がかりで責められ、桂木は軽く肩を竦めて見せると、それでも満足したからか、それ以上は何も言わずに、大人しく帰って行った。

「水」

桂木がいなくなってから、一馬は短い言葉で神宮に命令する。

用意周到な神宮らしく、手近に置いてあったのか、すぐに望むものが目の前に差し出された。

一馬は肘《ひじ》を突いて体を起こし、ペットボトルの水を口へ流し込む。

「まだ怒ってるのか?」

「こんな真似をされて怒らない奴がいたら連れて来い」

一馬は険しい口調で答える。

「桂木に借りを作ったままでいいたほうがよかったか?」

「全部、お前のせいなんだから、お前が自分で何とかしろよ」

そもそも列車で移動することになったのも、神宮が無茶をした結果なのだから、一馬がその責任を負う謂《い》われはない。簡単に機嫌が直るはずもなかった。

「俺なりに思い出作りをしただけなんだがな」

「ああ？　思い出作り？」

神宮に不似合いな言葉に、一馬は眉根を寄せて問い返す。

「せっかくのお前との旅行だから、何かこう、忘れられない記憶に残るようなことをしておきたかったんだ」

「本気で言ってんのか？」

神宮は真顔だが、感情を見せないのは神宮の得意技だ。一馬は疑いの目を向ける。

「ああ。本気だ。これで一生、忘れない旅行になっただろ？」

「おかげさんで、忘れたくても忘れられるかよ」

一馬は嫌みを込めて、吐き捨てるように言ったのだが、それでも神宮は満足そうだった。これでは、いつまでも怒っている一馬が馬鹿みたいだ。

「別に一生に一度の旅行ってわけじゃないんだ。次はお前が計画すればいいだろ」

「次か……」

呟く神宮の顔には、さっき以上に満足げな笑みが広がっていた。

エピローグ

北海道旅行に行ったのが、もう遙か遠い昔のことのように思えるほど、一馬は帰ってきたその日から、慌ただしい日常を過ごしていた。

多摩川西署管内で滅多《めった》に起きない殺人事件が、一馬が署に顔を出すのを待ちかねたように発生したのだ。昼も夜もなく、捜査に明け暮れていたが、今日の朝、ようやく容疑者の身柄を確保した。一週間での逮捕《たいほ》は、早期解決と言っていいだろう。

ようやく少し時間に余裕ができた一馬は、取り調べを他の刑事に任せ、久しぶりに科捜研の神宮の元を訪れた。

「大変だったみたいだな」

白衣姿の神宮が、資料が山と積まれたデスクに座ったまま、一馬を出迎える。

「そっちこそ。仕事が溜まってるんじゃないのか?」

「いや、これは自主的に手伝いを申し出た分だ」

「お前でもちゃんと職場の人間関係を築いてるんだな」

一馬は意外そうに言った。

「こうしておくと、何かあったとき動きが取りやすい。だから、急な休みももらえたんだ」

「なるほどね。抜かりはないってわけか」

おそらく一馬と付き合っていなければ必要のないことなのだろう。今回のように、急な旅行の誘いは初めてにしても、これまでに何度も捜査の手伝いはしてもらっている。その間、科捜研での作業が滞《とどこお》らないよう、いろいろと対策を講じているようだ。

「やっぱり、お前は頭がいいな」

素直に感心する一馬に、神宮が呆れたように小さく笑った。

「そんなことより、親には何も言われなかったのか?」

「何が?」

「せっかく譲《ゆず》ってくれたチケットを、男と使ったことをだ」

神宮が何を気にしているのか、一馬にはすぐにわからなかった。だが、真剣な神宮の表情が、言葉以上に物語っていた。

「お前、そんなことを気にしてたのかよ」

今度は一馬が呆れて笑う番だった。

元からゲイだった神宮とは違い、一馬は男と二人で行動することに、特別な意味を見いださないし、他人がそうしていても気にならない。だが、神宮はそういうわけにはいかないようだ。特にカミングアウトしていないから、どう見られているかが気になるのだろう。

「そう言えば、親にはお前と行くとは言わなかったな。っていうか、聞かれなかったから答えなかっただけだけどな」

一馬の答えに、神宮が僅かに驚いた表情を見せる。あまりにあっさりとした親子関係だと思っているのかも知れない。

「それよりも親戚《しんせき》から例のドラマのことを尋ねられたらしい。紫室や小篠と話してるところを見てた親戚がいたみたいだ。俺には言ってこなかったくせに、親に電話してあれこれ質問責めにしたらしい」

一馬はその電話を思い出し、苦笑いする。一馬が戻ってきたその日に電話をしたら、式への代理出席の礼もそこそこに、親戚との話を終わらせるのが大変だったのだと愚痴《ぐち》を聞かされたのだ。ドラマを見ていなかった母親は、何の話かなかなか理解できなかったらしい。

「それでモデルをしたと認めたのか?」

「いや。面倒だから、捜査で知り合ったとだけ言っておいた」

「間違ってはいないな」

人によっては自慢する出来事でも、一馬たちには厄介《やっかい》ごとでしかない。確認はしていないが、神宮も自分がモデルだとは誰にも話していないはずだ。

「しかし、ゲイってのはそういうことを気にするもんなんだな」

「ゲイだからもあるが、お前は無頓着《むとんちゃく》だから、俺が代わりに気にするんだろう」

「それはそれはありがとうございます」

一馬が茶化して答えても、神宮の表情は緩まない。男と付き合っていることに対する一馬の緊迫感《きんぱくかん》のなさが、神宮にはどうしても危《あや》うく見えるようだ。

「俺もそうだが、あの桂木でさえ、親には話してないんだ」

「それは意外だな」

他人の意見など全く気にしなさそうな桂木が、親の反応を気にしていると聞かされ、一馬は驚きの声を上げた。

「けど、別に話す必要ないだろ。無駄に心配させるだけだしな」

一馬はまず客観的な意見として述べてから、

「それに相手が男だからじゃなく、俺はこれまでも元カノを親に紹介したことは一度もないぞ」

「会わせろとは言われなかったのか？」

「結婚でもするんなら、会わせなきゃいけないんだろうけど、そうじゃないなら、会わされたって親もどうしていいかわからないんじゃないの？」

実際、一馬の両親からは一度も、彼女を連れて来いなどと言われたことはなかった。今回も恋人と行ったらどうかとは言われたが、そもそも恋人がいるのかどうかも聞かれていない。一馬に関心がないからではなく、それだけ信用してくれている証拠だと一馬は思っていた。

「だから、何かとち狂《くる》って、お前と養子縁組でもすることになったら、親には話さなきゃいけないだろうな。さすがにさ」

そんな日が来るのかどうか。想像しただけで、一馬の口元には笑みが浮かぶ。驚く両親よりも、きっと真面目くさった顔をしているに違いない神宮を想像してだ。そんな神宮を見られるのなら、初めて恋人を両親に紹介してもいいかもしれない。一馬はふとそんなふうに思った。

自分で言った言葉がおかしくて、笑みが絶《た》えない一馬を、神宮が啞然《あぜん》として見つめていた。

あとがき

こんにちは、はじめまして。いおかいつきと申します。

このたびは「エスケープ」をお手にとっていただき、ありがとうございます。

初の二冊同時発行ということで、こちらは通常では書くことのない、オフの二人を中心にしてみました。なので、リロードシリーズでは過去最高にラブラブしているのではないかと思っております。

國沢《くにさわ》　智《とも》様。私の趣味丸出しのシチュエーションに応えていただき、ありがとうございました。國沢先生のイラストを想像しながら書いていたので、楽しさ倍増でした。

担当様。いろいろとご指導いただき、ありがとうございました。二人にはどんな水着が似合うかを話し合ったのも、良き思い出です。

最後にもう一度。この本を手にしてくださった方へ、最大の感謝を込めて、ありがとうございました。

二〇一四年六月　いおかいつき

Lovers Label

エスケープ

ラヴァーズ文庫をお買い上げいただき
ありがとうございます。
この作品を読んでのご意見・ご感想を
お聞かせください。
あて先は下記の通りです。

〒102−0072
東京都千代田区飯田橋2-7-3
(株)竹書房 ラヴァーズ文庫編集部
いおかいつき先生係
國沢 智先生係

2014年8月1日
初版第1刷発行

●著 者
いおかいつき ©ITSUKI IOKA
●イラスト
國沢 智 ©TOMO KUNISAWA

●発行者 後藤明信
●発行所 株式会社 竹書房
〒102−0072
東京都千代田区飯田橋2-7-3
電話 03(3264)1576(代表)
03(3234)6246(編集部)
振替 00170-2-179210
●ホームページ
http://bl.takeshobo.co.jp/

●印刷所 共同印刷株式会社
●本文デザイン Creative·Sano·Japan

ISBN 978-4-8124-8822-5 C 0193